父亲和大哥

母亲和姐姐

青年时期的相玉忠夫妇

相玉忠工作剪影

与长子在美国冰川公园

与次子在澳大利亚

与大哥聚会（右）

如今的相玉忠夫妇

陪两个儿子重回故居寻找童年的记忆（左一是孙女）

儿子兄弟俩在黎巴嫩海岸

八十五岁的相玉忠

路漫漫兮八十有五

相玉忠 著

江苏凤凰文艺出版社
JIANGSU PHOENIX LITERATURE AND ART PUBLISHING

图书在版编目（CIP）数据

路漫漫兮八十有五 / 相玉忠著. —南京：江苏凤凰文艺出版社，2024.1

ISBN 978-7-5594-8329-4

Ⅰ. ①路… Ⅱ. ①相… Ⅲ. ①散文集－中国－当代 Ⅳ. ①I267

中国国家版本馆 CIP 数据核字(2024)第 008404 号

路漫漫兮八十有五

相玉忠 著

责任编辑 白 涵
责任印制 杨 丹
出版发行 江苏凤凰文艺出版社
南京市中央路 165 号，邮编：210009
网 址 http://www.jswenyi.com
印 刷 江苏凤凰数码印务有限公司
开 本 718 毫米×1000 毫米 1/16
印 张 16.25
字 数 210 千字
版 次 2024 年 1 月第 1 版
印 次 2024 年 1 月第 1 次印刷
书 号 ISBN 978-7-5594-8329-4
定 价 59.80 元

目录

童年往事

故乡情缘

缤纷的岁月

幸福的晚年

微博选

童年往事

家乡的粽子

昨天，老家的弟弟来了，说是快过端午节了，来看看我们，顺便带来了一大篮子好长时间吃不到的家乡粽子，有糯米的、大黄米的，还有香喷喷的鸡蛋。

老家包粽子用的粽叶有独到之处，不是现在普遍用的芦苇叶子，而是一种特殊的粽叶，端午节之前集市上有好多摊贩出售。这种粽叶多产自沂蒙山区一带，新鲜的叶子呈绿色，形状像大葵花叶，但不那么圆，有些细长，有一种特殊的清香，非常好闻。凡是吃过这种粽子的人，会终生难忘那股独特的清香。

这种粽叶个头大，用两三个叶子就能包好一个粽子。粽子是长方形，像一块肥皂那么大，这叫一片，把两片并在一起，两头用随粽叶一起买来的很长很韧的草绑起来，成为一对。

用这种粽叶包的粽子，不管是糯米、大黄米的，还是大麦粒的，都很好吃。煮粽子时，把洗干净的鸡蛋放在锅里一起煮，鸡蛋被染成深棕色，吃起来特香。吃过这种鸡蛋的人，一生都还想吃。

像人们吃年夜饭要在大年三十晚上吃一样，记忆中，家乡人过端午，都是端午节的早上，全家在一起吃粽子。由于粽子包起来比较费时，且煮粽子用的时间又长，一般是头一天下午就动手包，晚饭后开始煮。要煮两个多小时，熄火后放在锅里焖一宿，第二天早上吃，不冷不热，正合适。包粽子的那天下午，小孩子们个个咧开了嘴，东看看，西望望，兴奋得不得了。我放牛时都没有心思，不像平时到北岭或东河滩那么远的地方，只是牵着牛在村头转悠，不一会儿就把牛绳拴在树上，溜回家里瞧上一眼。看到母亲包了一个又一个粽子，我心里乐滋滋的，蹦蹦跳跳从家门口蹿出来。

端午节的前夜漫长，小孩子睡得都不耐烦了。

家乡的煎饼

煎饼，记忆中是家乡人的主食。无论是富人还是穷人，除逢年过节外，一天三顿都离不开它。做煎饼的原料非常广泛，从小麦、大麦、小米这些细粮，到高粱、玉米、地瓜等粗粮均可。遇上了歉收年，地瓜蔓子、花生皮都能用来摊煎饼。摊煎饼是农家妇女的必备技能。小时候，常听到做媒的婶婶、大娘给女孩子找婆家时，除了说些闺女俊俏、孝敬老人的话，总少不了说闺女摊得一手好煎饼。老人为儿子寻媳妇时，也往往把会摊煎饼作为一个条件。

摊煎饼是个辛苦活，先要把原料用石磨磨成糊状，这往往要从清晨开始。小孩子从睡梦中被叫起来，帮大人推磨。贪睡的孩子眼睛半睁半闭，两手抱着磨棍，有时围着磨盘转着转着竟能睡着。摊煎饼时，鏊子支在地上，人要盘腿坐下，左手烧火，右手摊煎饼。烧的是些软草，如麦秸、杂草、树叶等。一般家庭，摊一次煎饼能吃五天六日；冬天庄稼活少，又多吃些地瓜、豆腐之类，摊一次能吃十天八日。

煎饼是一种方便、易保存的快餐食品。摊好的煎饼放在缸里，拿出来就吃。农忙时，大人一大早就下地干活，到了饭时，小孩子到地里送饭，带上煎饼和咸菜，再备份稀饭或开水就行。

煎饼，为中国人民的解放做出了重大贡献。抗日战争时，八路军、游击队的物资供应十分困难。他们在我的家乡，与日伪军周旋，都是走到哪里就在哪里吃。不管白天黑夜，口粮都是煎饼、咸菜，烧锅开水就开饭。那时老百姓日子过得都很艰难，却宁肯自己饿肚子，也要把煎饼送给八路军。当时家父担任村长，我从未听说过有谁家不送的。解放战争期间，孟良崮战役和淮海战役时，青壮年男子或参军上前线，或支前送军粮、抬担架，妇女就在家摊煎饼。一排排鏊子支在院子里，老的少的轮流上阵，白天黑夜不停火。摊好的煎饼由村干部统一收起，逐级送往前线。煎饼卷大葱，军民鱼水情。

煎饼，为千千万万的农家求学子弟立下了汗马功劳。当地的孩子从初中开始都是背着煎饼读书，有的一直背到高中毕业。可惜那时没留下一张照片，想起来还真有意思。每到周六下午放学，男生女生一窝蜂似的冲出校门，一溜小跑往家蹿。周日的下午，又是另一番景象，人手一根小扁担，一头是包袱包的煎饼，一头是装着咸菜的小罐子。回来的学生个个气喘吁吁，满头大汗。我家离学校六十余里（两里等于一千米），每周往返一次，风雨无阻。我今年七十有五，走起路来腿脚麻利，我想这与当年的锻炼不无关系。

昨天老家来了亲戚，说没什么可带，捎了些煎饼，并说现在在老家吃煎饼都是买着吃，机器摊的。我接过这纯麦子面摊的煎饼，一股香味扑鼻而来，啊……

家乡的蓑衣

为参加老朋友孙子的婚宴，几个老乡被安排在一个雅间里。“老乡见老乡，两眼泪汪汪”，老人们一下子变得像孩子，又是握手，又是搂抱，全然忘了自己的年龄。

都是走南闯北多年的人，口音中，或多或少夹了点南腔北调，但乡音，依然那么亲切。大家借着美酒佳肴，话匣子打开就关不住了。从抗日战争说到孟良崮战役，又说起大葱卷煎饼，你一句，我一句，越说越来劲。不知谁把话题一转，扯到家乡的蓑衣上了。这时，谈话的气氛就更热闹啦！战争，那都是听大人说的，我们谁也没上过战场。可这蓑衣，都是亲自披过、用过，受益匪浅，有着特殊情结。

家乡的蓑衣不是棕树皮编的，是用当地产的一种叫“马齿穇”的叶子编成的。这种穇子耐旱耐涝，根系发达，叶片又长又韧，但果实产量低且不大好吃，主要用它的叶子编蓑衣、搓绳子。蓑衣不是人人会编，是少数有手艺的人编织，在集市卖。大的、小的、厚的、薄的都有。这种蓑衣用处多多，晴天披在身上，挡光防晒，透气、透汗、不沾皮。我小时候放牛，穿一件小裤衩，上身只披一件蓑衣，头上戴一顶草帽，可得意啦！每当累了困了时，就找棵树把牛拴好，在阴影处把蓑衣往地上一铺，脱下鞋子摞起来，垫在蓑衣底下当枕头，再把草帽往头上一扣，又香又甜地睡一觉，可美啦！雨天蓑衣能挡雨水，水珠一个个顺着蓑衣滚下来；一旦冷了，还能防寒保暖。

我真想买一件留个念想，众人齐说不行不行。有的说，他也有这个想法，就是见不到啦，打听好几年也没买着。二十世纪七十年代，兴起了塑料雨衣。年轻人喜欢新鲜玩意，明知塑料的东西不透气、不透汗，穿起来不舒服，还是要穿，嫌蓑衣太土气，跟不上潮流。编蓑衣的人一看买的人越来越少，没钱可赚，就不编了。年轻人不想学这门手艺，有手艺的老年人年年减少，就这样，家乡人祖祖辈辈用过的蓑衣，从兴旺到衰退，再到难觅其踪影，就此失传。

再过多少年，还会有哪些老祖宗留下的，散布民间的手艺、绝活，在我们的眼前消失？

家乡的草鞋

几个老乡凑在一起，免不了说些家乡的事，这一次就扯到了草鞋上。家乡的草鞋也分好几种，按形状分，有底有帮、像圆口布鞋那样的叫草鞋，没有帮、只有襻的叫草鞋垫子。草鞋又按制作的原料不同，分成三种。一种是用稻草编的，这是最有代表性的草鞋；用蒲草编的就叫蒲鞋，一般都把蒲鞋绱在梧桐或柳树做的木板上；还有一种是用芦苇穗子编的，这叫“毛窝子”，看起来个头大、毛茸茸的。蒲鞋和“毛窝子”是冬天穿的。那时，庄稼人日子过得艰难，一般穿不起棉鞋，就靠蒲鞋和“毛窝子”过冬。如果再弄些芦苇穗子垫在里面，软绵绵、热乎乎，小孩子穿着挺美。以上说的这些鞋，都是专人编织，在集市上销售。二十世纪五十年代初，买一双就在一毛（即一角）钱左右，比一斤（两斤等于一千克）小麦的价格多一点，不到一斤花生米的价钱。农村里盖房子，左邻右舍帮工的，喜主都要送给一双草鞋。自己买来穿的有，但不多。

草鞋垫子不需花钱买，成年男子一般都会做，这叫打草鞋。把稻草用水泡透，再用棍子把稻草捶到发软，无需设备，只需一根绳子系在腰上，再把腿伸直，做一个扣套在脚的拇指上，月亮底下，边聊天边打，一晚上可打好几个。这种草鞋垫子，穿起来舒服，干活给力。特别是推小车爬坡时，脚底下不打滑。推脚（长、短途运输）的人很喜欢，出发时都准备几双，挂在小车把上，随时可扔掉旧的，换新的。淮海战役时，出夫支前的民工大都穿草鞋垫子，出发时备上几双，边走边扔，鲁南一带不缺稻草，自己动手，随时可以补充新的。

二十世纪七十年代，塑料凉鞋传到了农村，尽管它易让人出脚汗，有“烧脚”的毛病，但它漂亮、时髦，价格不高，很快普及到男女老少。改革开放以来，农民脱贫了、富了，蒲鞋、“毛窝子”、草鞋垫子彻底不见了。幸好盖房子打土坯给帮工送双草鞋的民俗，在家乡还保留着。家乡的草鞋，随时也有消亡的危险。

童趣

我出生在“卢沟桥事变”那年，我的童年是在兵荒马乱中度过的。追忆童年，也有一些值得品味的、充满乐趣的小故事。

一、捉知了

知了的生命过程分三个阶段，分别是卵、幼虫和成虫。幼虫俗称“知了猴”。夏日的傍晚，它从地里钻出来，爬到临近的树上。夜里，“知了猴”脱掉身上那层厚厚的“盔甲”，伸展开两个软软的翅膀，完成了蜕变的全部过程。此时它还不能起飞，要等到太阳出来晒过，才能飞起来。

小孩子每到太阳快下山时，到河边、房前屋后的树下，仔细查找地面“知了猴”的蛛丝马迹。若发现地面有绿豆大小的洞口，用手指轻轻一戳，原本绿豆粒大小的洞口一下变成手指那么粗，稳啦，一只“知了猴”就收入囊中。一个，又一个，不等天黑，小布袋就装满了。一路小跑回家，用油一炒，就成了全家晚饭中的佳肴。

爬到树上的知了是这样捉的：抓一把麦子，放在口里反复咀嚼，然后吐在水里来回搓洗，把麦子外皮洗净，剩下了面筋。再放到腋窝里夹一会儿，面筋就变得很黏。把面筋固定在一根又细又长的竹竿上，轻轻地伸到知了身边，猛地粘它的翅膀，“知啦，知啦”，一只知了十拿九稳地就成了战利品。

二、“狸猫换太子”

小孩子不懂什么害鸟、益鸟，搞一次“狸猫换太子”是一年里难有的乐事。春末夏初，喜鹊抱窝时，小孩子爬到树上，把喜鹊的蛋取出一两个，换上鸡蛋，当然不是全换。“鸡，鸡，二十一”，听大人说鸡蛋经过二十一天的孵化，就能孵出小鸡来。用鸡蛋换喜鹊蛋时，不可能与喜鹊产蛋的日子为同一天，但喜鹊不管早晚，还是义不容辞地把鸡蛋孵出了小鸡。我到今天也没弄明白，是喜鹊分辨不出来，还是“母亲”的天性。

有一年，我用这种手段收获了一只小鸡。母亲乐啦，因为男孩子爬树是家常便饭，甚至是一种基本技能，并不担心安全，且平白多了一只小鸡，能不乐吗？后来这只小鸡长成了一只火红的大公鸡，很好斗，常常与别的公鸡闹摩擦，邻居看了都笑。

三、坐享其成

小时候，我家房后有几棵树，其中一棵白果（银杏）树有碗口粗，已结果多年。这年秋天，树叶黄了，大人们都忙着刨地瓜去了。我馋着想吃个白果，就爬上树去，无意中发现树上有一窝斑鸠，高兴极啦！我伸长了脖子一看，窝里有两只小斑鸠，已长满了羽毛，快要出窝了。我想它们还能再长大一些，便回家找了一根绳子，把两个小斑鸠的腿拴着，把绳子的另一头缠在旁边的树杈上，待个五天六日，再来取回家，可以好好地炒一盘菜，美餐一顿。

没想到，等我再一次爬到树上时，两只斑鸠已经倒吊在树上，是想飞飞不起来，吊死了。还没到嘴的美味白白丢啦，我愣眼了。

四、种瓜得豆

记得小时候，离我家约有二里路的西北角，有一条沟。此沟南北走向，沟的西坡直上直下，有六七米高。东坡则平缓许多，小孩子不费多少力，就能爬上爬下，那里成了我和小伙伴经常出没的地方。沟西坡的壁上，分若干层，每两层的缝隙间，夹着薄薄的一层橘红色的泥。软软的红泥能捏成好多小玩意，如泥狗、泥猫等。若做成小鸟，然后在头部和尾部各捅一个小孔，就成了一个哨子，吹起来吱吱响，成为跟在身后的小伙伴追逐索要的珍品。

稍大一点，受到大人种瓜得瓜的启发，我想出了一个一劳永逸的办法：从沟里抠回来一把泥，“种”在院子里南墙根下。我高兴极了，今后再用不着跑那么远抠那点泥啦！等“种”下的泥长出好多好多后，我可以做更多更大的玩具，叫小伙伴们都高兴高兴。

过了十几天，期待的丰收就要到了。我用铲子挖开培在上面的泥土，不但没有看到长多的橘红色的泥，找来找去，连种下去的红泥“种子 ”也被四周的土染黑了。

王老师的“水桶钟”

我下面讲的是六十多年前的一个真实的小故事。

六十多年前，雨水好像比现在多似的。在我的家乡，每到麦收后，也就是每年六七月，雨一下起来就像是止不住一样。天空老是黑压压的，不见太阳。即便到了中午，也看不到亮晌（指正中午天空放亮），闷死个人的。

那时不但学校里没有钟表，就是满庄里也没听说谁家里有个钟。平时上课、放学都是看日头。当遇上连阴天就犯难了。中午放学早了，各家还没做饭；放学晚了，有的家里都吃过了。

一九四六年春天，一个二十岁上下、个子不高的老师来了。他叫王晓欣，人看起来很精神。不久，这年的连阴天又开始了。王老师找来一个外面印着洋文的灰色小铁桶，选一个晴朗日子，以他起床为准，把桶装满了水，然后在桶的下面钻一个小洞，等到日头正中时，也就是说十二点了，就在桶的外面画了三道横线。此后，不管王老师何时起床，他都把水装满，等水漏到第一条横线时，就放学吃中午饭；漏到第二条横线时，就开始上下午课；漏到第三条横线时，就放晚学。此法得到学生和家长的好评。直到一九五〇年，我初小（小学一至四年级）毕业时，还一直用着。后来我才知道，古时候就有沙钟、漏斗钟。不过六十多年前，一个二十岁上下的、只有高小（小学五至六年级）文化的王老师，未必就知道古人有沙钟、漏斗钟，这“水桶钟”可能就是王老师创造的。现在看，不管是哪种情况，王老师都很不简单，值得我回忆和钦佩。

井里的蛤蟆　酱里的蛆

我的老家村南头有一条河，虽说不大，但一年到头是长流水。村子不大，又被一条乡间大路分成南北两块。小时候，路南的人家长年吃河水，路北地势偏高，一年到头吃井水。我家住在村北头离那口井的不远处，见惯了井里的蛤蟆。井筒周围是用石头砌起来的，上面长满了青苔。石头之间的间隙较大，蛤蟆长年以此为家。每当下雨天，蛤蟆特别兴奋，咕咕呱呱叫个不停。遇到大雨，井水上升，蛤蟆就爬到井外，见见天日，蹦来蹦去，欢得很。

要是现在，这种井水是没人敢吃的。可在小时候，谁也没把这蛤蟆当成一回事，以为那是天经地义的。夏天天热，刚打上来的井水，凉凉的，用瓢舀起来就喝，咕嘟咕嘟。

说起酱里蛆，农村长大的、年龄在五十岁以上的人并不陌生。那个年代，物资十分匮乏，庄户人家都是自己做酱吃。条件好的家庭用豆子做，叫豆瓣酱；条件差点的就用粮食做，叫面酱。工艺、程序差不多。把做酱的原料煮熟，用手做成团子，再用麻袋或蒲包把团子包起来，放到梁头上，让它长毛，长出青色的毛，这叫发酵。把发过酵的团子用手掰碎，放到缸里，加上水和盐，然后放到院子里让阳光晒。这道工序非常重要，酱越晒颜色越深、越晒越好吃。不过，晒的时候，免不了招来苍蝇，有苍蝇就少不了有蛆。越是酱的原料好、质量高，招来的蛆就越多。谁也不会因为酱里有蛆就不吃了，酱里有蛆，是无法回避的。民间有个除蛆的绝好办法，就是摘些芸豆叶子，放到酱缸里，蛆会乖乖地爬到叶子上。把爬满蛆的叶子扔掉，再换一遍叶子，直到彻底干净。

怀念老陈同志

再过几天，就是二十四节气中的冬至了。这一天，也是“一九”（从每年的冬至日起，每九天为一九）的第一天。“二九”的第二天，过阳历年（每年不一定）。这原本是一件无关紧要的小事，可它在我的脑子里，像定律一样，固定了近七十年啦。因这是老陈说的。

事情得回到近七十年前说起。1943 年，家乡就有了抗日民主政府。敌人只龟缩在城里和几个交通要道或主要集镇的炮楼里。一天，吃中午饭的时候，父亲领来一个陌生人。记忆中，此人二十一二岁，高高的个子，方脸庞，皮肤白白的，用现在的眼光看，应是出身富裕人家的读书人，是知识分子。他穿一身灰色制服，显得很英俊。他和我们一样就着咸菜吃煎饼，喝米汤，很客气。吃饭时，他还讲一些减租减息的事。事后听大人们讲，老陈是“抗大”出身，是住卜落乡的干部。

此后，老陈是我家的常客。他在乡里住，白天到村里找村干部、贫雇农、民兵谈话，中午的这顿饭就在我家吃。每顿饭都要留餐票，攒起来，父亲就到区粮食所兑换些粮食来。

老陈常在我家给几个村干部讲革命道理，我有时成了旁听生，印象很深。他说打败日本侵略者后，中国要建立社会主义和共产主义。到那时，人们用拖拉机耕地，喝牛奶、吃面包，没有剥削、没有压迫，各尽所能，各取所需，消灭“三大差别”。尽管听者不知道牛奶怎么喝，面包为何物，但也相信那些东西一定很好吃，那社会一定很美好。

老陈是个知识丰富的人。一天上午，有人看到了日食，并很快传开“天狗吃日头”，人们很害怕，满村齐敲铜盆。他出面给大家讲日食发生的原因。那时，他还告诉我母亲，“二九”的第二天，过阳历年。老陈还很认真地对我说，男孩子不能哭鼻子，要勇敢。1945年，在一次敌人的拉网式扫荡中，老陈同志和区武工队掩护群众转移，在激烈的战斗中他不幸中弹牺牲，献出了年轻而宝贵的生命。

抗日战争胜利后，老陈的哥哥来到了卜落，把老陈的遗骨迁回他的老家。此时我才听大人说，老陈是泰安人，名字叫陈胜。我怀念老陈同志，我的文章，如果他的亲属能看到，请在他的墓前替我献上一朵鲜花。

记忆中的臧礼师傅

回到家乡与儿时的小伙伴一起喝喝茶、聊聊天，是我的一大乐趣。说起儿时的事，就免不了说到臧礼师傅。一说到臧礼，我那些儿时伙伴就欢呼雀跃起来，全然忘了自己的岁数，变成了老小孩。

臧礼是个很有个性的人，记忆中的他是一个五十多岁的人，个头不算高，块头极大，头大、嘴大、耳朵大，两个耳垂像一对铃铛。他的肚子就像是怀里揣着个大鼓，活像个弥勒佛。到了夏天，他只穿一件类似马甲的小汗衫，前面虽有系带，他也不系，把个圆圆的大肚子挺在外面，越发把那个肚脐眼显露出来，深深的，像个老鼠洞。他的肚皮很厚，看起来富有弹性，时不时地对围观的孩子要要威风。他把嘴一闭，两边的腮帮子一收一鼓，大肚皮就应声起舞，上下跳动，把孩子们逗得又惊又笑。

臧礼是个走街串巷的货郎。他隔个十天八日的从北边走来，肩上挑着担子，手里拿一把货郎鼓，嘣噔嘣噔地摇着，卖些针头线脑、梳头油、雪花膏什么的，还有女人常用的扎腿带子，那时妇女的裤脚都习惯用带子扎起来。有时还扯着嗓子叫喊："拿头发来——换洋针——换洋火洋碱来——"那个年代，妇女很少出门，臧礼的到来简直成了她们的购物日。一些妇女把平日里梳头理下来的头发攒起来，以物易物，换些针线什么的。也可货币交易，用的是铜钱。

臧礼还是个半拉子郎中。他有两招，一是有几根又粗又长的针，和修鞋师傅用的差不多，只是针头不是圆的而是三棱形的；二是有黑的、像沥青样的膏药。遇到谁生了脓疮恶疖子求着他时，他用那针先把恶疮刺破，放出脓血，然后把膏药糊上。他的膏药通常是块状。夏天，他把膏药撕下一块放在手心里，两只手合起来焐一焐再糊；冬天，他把硬邦邦的膏药填在嘴里，吧唧吧唧咀嚼一会，待膏药黏糊了，一把从口里抠出来，抹在黑乎乎的牛皮纸上，贴在伤口处。越是有小孩子围观，他那嘴巴越是吧唧吧唧嚼得起劲。臧师傅还会放血，遇到腰腿痛的、头痛脑热的求他，他会选几个穴位用针刺一下，再用手指捏捏，便流出暗红色的血。这算是我记忆中见到的最早的外科疗法。今天看来简直不可思议，也许还会批评说，一点无菌观念没有，可是七十年前，身处贫穷落后的乡村，老百姓就连这点医疗也是难得的。

臧礼师傅留给孩子们的记忆很多，提起他来，老伙伴们有讲不完的故事。

一生与牛相伴的人

邻居郭大哥家，是村里唯一的一户姓郭的。他有个大号（本名），但除了早先的账先生和后来的会计，便很少有人知道。他的那个不雅的叫“大女人”的诨名，倒是无人不晓。小时候，我也是当面叫大哥，背后叫他“大女人”。从我记事起，他就是快四十岁的人啦。个子不高，体态偏胖，驼背，走起路来双脚呈“八”字，先用脚后跟着地，像个缠过足的老太太。这种走路的姿态，可能就是“大女人”这个诨名的由来之处。

郭大哥为人老实厚道，对老少爷们很友好。我记事起，他就给人家扛活，干些放牛、铡牛草、喂牛喂驴的粗活。由于他从未成亲、光棍一条、没家没业，就不存在每到秋收后下工（岗）的事。冬天里还是铡牛草、喂牛、推土垫栏。白天随着东家吃，晚上就睡在牛屋里。屋里有盘小炕，不时地烧一烧，铺盖虽旧，看来也还不至于挨冻。因为屋里暖和，拉呱的、说故事的也乐意到这里。小孩子就常来凑热闹。

年复一年，到一九四六年，郭大哥分到了土地和一栋房子。常年在外扛活的弟弟也回到家，并娶了媳妇。郭大哥也算有了家业。

不知是不习惯这种家庭生活，还是什么原因，过了两年，郭大哥又出来扛活了。这会儿不是做长工，是零零碎碎到邻居家做帮工。因人缘好，即使不干活，赶上饭时，不管到了哪一家，都会让他坐下来一起吃。因为他先前曾在我家做过几年工，觉得人合适，到我家来的次数就多些。

到了一九五二年，郭大哥又干起了老本行，开始了以饲养室为家的稳定生活。白天喂牛、清扫牛栏，晚上他就和牛为伴，年年被评为模范饲养员。

一九六一年春节，我回到了老家。尽管只待了三天，我还是到饲养室去看了郭大哥。此时他年逾六十，背驼得更重了，但精神还好。他说，他胃口好，什么都能吃，沾了牛的光，喂牛的花生蔓子、地瓜秧子他都吃。可我看了他睡的炕后，真有些傻眼了。他铺的是稻草，盖的竟然也是用稻草打起来的草帘子。整个铺上，没见到一个布片。

改革开放后，饲养室撤了，此时郭大哥已是八十多岁的老人了。他告别了饲养室，进了敬老院。当我再一次打听他的情况时，得知他在八十六岁那年离开人世。

燕子趣事

小区西门的门廊里，每当春暖花开的时节，就有成双成对的燕子出出进进筑巢产卵，繁衍后代；一到深秋，天气变凉，侨住大半年的燕子满怀喜悦，拖儿带女又返回南方。燕子的生活节奏是很快的，你看这窝里的四五只可爱的雏燕，伸着长长的脖子，争先恐后地把脑袋从窝里探出来，东张张西望望，似有立马从窝里飞出来，奔向空中自由飞翔的架势。细算起来，它们的父母返回这里还不足两个月。

鸟类研究人员把燕子分为雨燕、家燕、岩燕等许多种，我的记忆中家乡只有家燕一种，土生土长的庄稼人似乎比鸟类专家更专业，又按其垒窝筑巢的不同，把燕子分成泥燕子和草燕子。泥燕子很亲近人，一身黑装打扮好比绅士。筑巢选址要求高，把巢筑在堂屋的正堂中间。堂屋相当于今天的客厅。家境一般的人家也都在正中摆放一张方桌，两边各放一把椅子。燕子入室筑巢，被视为吉祥，受到欢迎。泥燕子筑巢用的原料是纯泥巴，筑成后巢穴成灰白色。泥燕子筑巢技艺高超，模仿力极强，主人按自己的喜好在桌子上面放一个花瓶，燕子就把巢穴筑一个花瓶的样子，若放一个主人喜欢的亚腰葫芦，那么巢穴极可能就是亚腰葫芦的样子。这种巢穴在第二年燕子返回时直接入住，可连续使用多年。草燕子比起泥燕子则像个流浪汉，人们拒绝它登堂入室，它的巢穴只能筑在房檐下、门楼间或牛棚等处。草燕子的巢穴由杂草和泥巴筑成，结构简单，像半个黑碗挂在墙上，几乎全是临时性的，要年年筑新的。泥燕子讲究卫生，从不在屋内排便，巢穴下面的桌子上干干净净。草燕子则很不讲究卫生，窝里吃窝里拉，巢穴边沿和地面上随处可见粪便，这是被拒绝登堂入室最直接最重要的原因。若不是看它整天忙忙碌碌在空中飞来飞去捕食昆虫的面子，草燕子也将从房檐下被轰走。

这说的是六七十年前的事，那时家乡纯属农耕社会，祖祖辈辈种地，家庭结构不同如今，大家庭多，都是三代四代同堂的家庭，没有空巢家庭。在燕子住居的半年时间里，凡是堂屋里有燕子巢穴的，白天都敞开房门，方便燕子出入。时代不同，如今农村经济条件好了，家家户户的房屋装修得宽敞漂亮，没有谁家能接受燕子“登堂入室”。草燕子还能因陋就简，求个生存之地，我想象不到那些过惯了“绅士生活”的泥燕子到哪里生存去了。

猪脑子并不笨

日常生活中若某人做错了什么事，特别是那些在旁观者看来，本不应该做错而错了的所谓低级错误，有人就会说这人怎么是猪脑子。或是自己把事情做砸了，把事情忘得干净误了事，也会自嘲地说："你看我这个猪脑子!"以上种种无非都是用猪脑子来比喻笨或是记性不好。小时候经历的一件小事，现在回想起来，仍很有意思，这小故事改变了我的看法：猪脑子并不笨。

我家有两个院子，胡同西边的院子地势高一些，是居住的；胡同东边的是个杂院，没有院门，只有一个用树条子编的栅栏。院子里放些杂物，还有牛棚、猪圈和一盘碾子。那时，我家喂了一头母猪，每年能生两窝小猪，每次都是十几只。养两个月，小猪长到二三十斤后，到集市上出卖，是全家重要的经济来源。

一个初夏的早晨，我早早起床到村头挖来野菜。当我举起筐往猪圈里倒野菜时，没有了平时的那个欢快和哼哼的叫声，猪圈里空空的。我跑回家把这事说了一遍，父亲着急了，全家齐出动，房前屋后、左邻右舍找了个遍，一点蛛丝马迹都没有。正当全家陷入无助时，我无意中说起这几天看到那猪不爱吃食，在圈里转来转去。

父亲听后像是发现了什么，他一声没吭，转身就往外走。

母亲把早饭做好了，但没有谁去动一下。家里静静的，一团愁云，仿佛空气都凝固了。大半个上午过去了，我实在等得不耐烦了，一趟趟到大门口张望，突然看见父亲在胡同口出现了。他手里挥着一条树枝，嘴里不停地发出嗷嗷声，他把那个猪，硬是从卜落村那户人家的圈里赶回来了。

事情的原委是这样的，头年秋天这母猪发情了，父亲很忙，叫我赶着这猪到一个叫卜落的村庄去，那里有一户人家喂了一头种猪。谁能想到这畜生竟能有这等记忆力，大半年前的事，相隔五六里路，中间还隔着一个村庄，且那户人家住在河边一片树林子里，这猪能在深更半夜独自出走这么远，奇啦！看来这猪脑子并不笨。

铁锅的故事

清明节回老家祭祖，中午在侄子家吃饭，侄媳妇为我一行准备了满满一桌丰盛的酒菜，有我最喜欢吃的油煎黄鲫子鱼，还有虾、肉炒蒜苗、鸡蛋炒香椿芽等，都是最合我口味的。我不忍侄媳妇为我这般操劳，走进厨房劝说别这么麻烦了，顺便环顾了一下左右。好样的！厨房里烧的是燃化气，炉灶上摆的是上海产的“派力”牌的炒锅，旁边那“美的”牌的电饭煲里焖着香喷喷的米饭。这些与我记忆中的灶屋的巨大反差，立马还原了我记忆中本已褪色的往事，其中感触最深的是锅。乡间有句老话叫“破锅漏屋病老婆”，指的是一个人倒霉，灾难接踵而来，家庭陷入严重的困境。年轻人可能对这个说法无法理解，锅有什么了不起，谁家没有三口四口锅，怎么能把锅和老婆相提并论？要说清这个事，我不得不从遥远的记忆里去寻找答案。在乡下人终年为填饱肚子而奋斗的年代，普通百姓家里几乎找不到几件值钱的东西，一口铁锅就是家里最宝贵的财产，是活命的基本保障。直到今天，当人们在为做一件事，表示义无反顾、一干到底的决心时，常常用“砸锅卖铁”这个词，可见锅在人们心目中是何等重要。

小时候乡下人家用的那口宝贝铁锅，都是当地的小手工作坊用生铁铸造的，工艺粗糙，品种单调，买家没有多少选择的余地。哪怕是精心挑选的一口新锅，也往往隐藏着砂眼。时有一家人兴高采烈围着买来的新锅做头一次饭时，发现灶膛里冒热气，再歪起脖子伸着脑袋朝灶洞里细看看，啊，原来是锅底挂着豆粒大的水珠，并不慌不忙地滴答滴答落在灶膛。见怪不怪，这种情况谁家都有可能遇上。不过这种砂眼并无大碍，贴几次饼子或是熬几次稀饭，砂眼就不知不觉地被堵死了。可怕的是这种生铁锅的“火暴脾气”，动不动就“炸璺”，说不准哪一次火烧得过头，或是锅里加的水不到位，烧煳了锅，掀开锅盖一看，锅里冒烟了。此时那掀锅盖的人势必就手忙脚乱，赶快往锅里加水。完啦！那火热的生铁锅遇上凉水吧嘎一声，锅底便炸出一道大璺。还有的锅可能是铸造人为了节省原料降低成本，把锅底铸得太薄，用不了几年就出来个窟窿，这可是伤人心的大事。正因为砂眼、大璺、窟窿这些事并非是稀罕事，于是便催生了一种职业——锔锅。

家乡把从事锔锅手艺的人叫“箍镂子”，他们肩挑担子串四乡，锔锅是一个不愁没活干的手艺。“箍镂子”每一进村，就扯起嗓子吆喝几声：“锔盘、锔锅、锔大缸喽!”那些被破锅困扰多日的人，纷纷拿出破锅围拢过来。“箍镂子”双手把要修的锅托起对着阳光左看右看，有璺的他就用一个推拉式的钻，沿着璺的两侧钻出两排小眼，然后把锔子安放好，再用小锤子在两面仔细敲打敲打，破锅就被牢牢地锔在一起。那些出了窟窿的锅，修起来要费劲得多，窟窿太大的还不能修。“箍镂子”支起炉灶，生起炭火，一手举着坩埚的把柄，一手拿着竹筒不时地朝炉灶吹风，把炉火烧得旺旺的。待坩埚里碎铁块熔化后，很麻利地将其倒进窟窿里，再用一块蘸满水的破布疙瘩在上面揉搓几下后便大功告成，窟窿被堵死了。“箍镂子”都是修好后再报价，收费很灵活，铜钱纸币都收，没钱的也可用饭碗量一些豆子、高粱，甚至地瓜干都行。

随着社会日新月异的发展，锅已成普普通通的厨房用品，老辈人世世代代视为宝贝的生铁锅，在乡下也鲜有人再用。锔盘、锔锅、锔大缸这些古老职业已退出社会，手艺失传。我的记忆，也只能把它当作永远不能复制的故事!

“粗腿大蛋子”

“粗腿大蛋子”是人们对丝虫病主要病状简单形象的表述。丝虫病是千百年来严重危害人类健康并致残的寄生虫病，据史料记载，这种病早在隋唐时期就有，贻害千年。记得小时候家乡患这种病的极其普遍。

所谓“粗腿”指的是患丝虫病的人，因腿部淋巴系统被阻塞，淋巴液回流障碍，致使腿的皮肤变粗糙，坑坑洼洼，腿也越来越粗。病人行动困难，有的还时不时流黄水，疼痛、发热，苦不堪言，这种腿医学上叫“象皮腿”。小时候看到这种腿，心里就有一股凉飕飕的感觉。所谓“大蛋子”是因为病变部位发生在阴部，病人下部肿大，轻者像圆葱头，重则像一个大柚子，羞于见人，患者忍受着巨大的肉体痛苦和精神上的折磨。小时候在河里洗澡，小孩子都不以为然，更不知道那是病态，以为男孩子长大了都会是这个样子。不过也有人误以为那是疝气，故有“十人九疝”的说法。有个我叫他五哥的街坊，是我记忆中病得最重的人，他从来不敢到公共场所洗澡，那是他最忌讳的。他的两条大腿几近变形，站着时有意无意地向外张开，像二十世纪五十年代那种“苏式稍息”的样子，走起来更是“派拉派拉”的，包括当地的土郎中在内，谁也说不出他得了个什么病，就称之为“大蛋子”。那时，农村多数人家都种些高粱谷子，锄第一遍地的时候，同时要把多余的幼苗和弱苗拔掉，这个活干起来挺费力，必须蹲下来干才行。干这种活时，五哥的麻烦就大了，他根本就蹲不下。听大人说，是他老婆为他量身裁衣，制作了一个兜兜，走路或干活时用系带挂在脖子上兜着，不然蹲在地上就能把皮擦破。

中华人民共和国成立后，党和政府非常重视对丝虫病的防治，政府在丝虫病的重灾区济宁成立了山东省寄生虫病防治研究所，着力培养防治人员，壮大专业队伍。一九五七年开始，省卫生厅统一部署统一指挥，连续两年投入了大量的人力、物力、财力，对灾区实施全民普查，大中专医学院校的在校生也投入战斗。凡是易感人群，全部免费服药，对于确诊的病人则采取了中西医结合的综合治疗措施。功夫不负有心人，经过近四十年的不懈努力，到一九八三年山东已基本消灭了丝虫病。二〇〇七年，世界卫生组织已确认我国成为世界第一个消灭丝虫病的国家。关于“粗腿大蛋子”的那些往事，已经成了越来越模糊的记忆。

旧时乡下媳妇也“臭美”

爱美之心人皆有之，我这里说的旧时，界定在一九四一年至一九四八年时段。俗话说“耳听为虚，眼见为实”，一九四一年我已四岁，目睹那个年代乡下媳妇对美的追求，并有了清晰的记忆。

印象最深的是“脚”，尽管辛亥革命过去了三十余年，旧思想旧观念在偏远的乡下还有一定“市场”，婚龄妇女还是以三寸金莲为美。当时有句顺口溜：“看媳妇不看脚（当地发 jué 的音），回家没的说。”新媳妇进门头三天要坐床，就是盘腿坐在床上，把两只脚翘在外面，或是坐在床沿，两只脚垂在床前，婶子大娘来看新媳妇，两只眼睛直勾勾地盯着那两只脚。回家后，脚的大小就成了看新媳妇的主要话题。听大人说，属马的往后就不再裹脚了。后来我推算了一下，他们指的是一九三〇年及其后出生的女孩就不再裹脚了。

四十来岁以下的媳妇，对自己的头发和发型颇为重视的，当时听说过“梳头油”这个东西，但没有钱买。于是她们就土法上马，用新鲜的杏仁，捣碎后在铁锅里熬制出梳头油，用这种自制的油抹在头发上又黑又亮。年轻的媳妇还喜欢把额前的头发撮得高高的，后边盘成椭圆髻。为固定发型，自制发胶，剥一些新鲜榆树皮，除去外面的老皮，再将里面的白色嫩皮捣碎泡水，这种水无色透亮，黏糊糊的，能把头发固定成她们喜欢的形状。

点痣，年轻的媳妇认为脸上的痣碍了她们的美，不怕，也有办法。把少量生糯米和生石灰按比例调和在一起，放在小碗里，加少量水，冒过白烟后，再用筷子捣烂成膏。由第二人用火柴梗蘸一点膏，轻轻抹在痣的表面。过五六天后，结了痂的痣自动脱落。尽管点的时候稍有点疼，大闺女、小媳妇、妇女还是很乐意接受。

还有薅脸，年轻的媳妇回娘家、走亲戚等都要薅薅脸打扮一下。说白了就是修修眉，把面部的汗毛清理清理。这门技巧看来不是每个妇女都会，要不然左邻右舍的媳妇就用不着找我母亲。我目睹母亲先是把二尺（1 尺约合 33.33 厘米）多长的白线两头接在一起，再拧成横着的 8 字状，从灶洞里掏出些白灰，涂抹在面部和双侧的眉上，母亲用牙齿咬住“8”的中间，两只手攥着两头，左右同时开工，拇指、中指同时在面部反复转动，脸上的汗毛和多余的眉毛随着线的转动，一根根被夹在线上绞掉，眉毛显得又细又长，人也清秀了许多。疼与不疼，只有薅过脸的媳妇们自己知道。

一九四八冬天，淮海战役快结束，停办了三年的学校恢复了，我回到了久违的课堂。可能是读书了，没时间再观察这些闲事，也可能是因社会发展和经济条件的变化使然，打这以后，乡下媳妇的这些“臭美”，从我的视野里彻底消失了。

顺口溜里的记忆

儿时熟记的几句顺口溜尽管已成历史，度过了漫长的岁月，现在想起来还是那么清新和耐人寻味：“留分头的不戴帽，穿皮鞋的走大道，镶金牙的自来笑……”那个年代在偏远的乡下，留分头、穿皮鞋、镶金牙都是格外显眼的新鲜事。

那是七十多年前的事了，尽管腐朽的清朝覆灭已有三十年，但残风陋习乡下仍随处可见。就说这每个人头上都有的头发吧，真是五花八门。女人因年龄和婚姻状况而异，女孩子从小就用红头绳扎一根辫子直到出嫁。大闺女出嫁的当天，按习惯一律要盘髻，辫子和髻就是闺女和媳妇的分水岭。新媳妇的髻是呈横向的椭圆形，生儿育女后随着年龄增长，发型也逐渐演变为上下盘扎的鬏鬏。男的发型花样比女的多，六七十岁的个别老头就是舍不得剪掉从小就背在脑后的那根辫子，只是因年龄大了，头发越来越稀疏，细溜溜的辫子拖在脑后活像个猪尾巴；有的还算是有点变革精神，辫子剪掉了，但还保留齐耳垂的长发，沿着发际把头发剃了一圈，这种发型被称为“披毛”，或叫“哈撒毛”。记忆中我的大姑父当时也就四十多岁，与众多剃了秃头的同龄人不同，他留一头披毛，当时算得上最年轻的披毛。直到过世时，他那头披毛连同他的遗体一起入土告别了人间。五十岁以下的男人绝大多数都剃成光头，小男孩四五岁之前头顶只留一撮毛叫“老毛”，再大一点便一律剃成“马蛋子”。

乡下人少见多怪，那时也有新潮派，几个在外经商或当伙计的年轻人回到村里，也算是衣锦还乡，他们脚穿皮鞋，留着从脑袋正中向左右平分的发型，看起来亮光光的，与那些穿着草鞋、剃了秃头戴着瓜皮帽的人相比，显得顶级时尚或说格格不入。于是就有了“留分头的不戴帽，穿皮鞋的走大道”的顺口溜，他们前边走，往往有几个调皮的男孩子唱着顺口溜跟在后面起哄，好在遇上老人孩子们就会被老人轰走。

那时乡下人不懂什么口腔卫生，压根就没听说谁刷牙，也没把掉牙当回事，掉牙瘘口是司空见惯，只要不痛就谢天谢地了。没见过乡下人镶牙，上了年纪的人牙齿掉了咬不动煎饼，都是用水或菜汤蘸一蘸吃。偶尔见到个从外地回乡的人镶了个金牙都羡慕得不得了。他们除非闭着嘴不说话，一旦说话，不管有意还是无意，就被认为是故意笑、自来笑、显摆自己的金牙。因那时黄金在乡下人眼里无比稀罕昂贵，谁能镶上金牙就不得了，那是身份的象征。现在乡下人口腔卫生意识普遍增强，刷牙已成多数人的习惯，日子过好了要求自然高了，镶牙补牙已成必须。头几年老少都镶不锈钢的、合金的，现在年轻的镶金牙也怕影响美观，要镶就镶烤瓷的，谁再镶几颗黄（金）牙反倒被视为丑了，不用说自来笑，闭嘴都唯恐不及。

七十多年前的家乡既没有留下影像资料，也没有文字记载，只有为数不多的老人的模糊记忆，这几句顺口溜兴许能映衬出旧时家乡社会生活的点点滴滴。

说说老辈人是怎么驱蚊的

盛夏来临，大雨小雨一场接一场地下个不停，讨厌的蚊子又蠢蠢欲动。由于多年“除四害讲卫生”的群众运动和环境的治理，铲除了蚊子的滋生地，蚊子的密度大大降低，对于像我这样从蚊子嘴里闯过来的老人来说，现在这寥寥无几的蚊子，已算不了什么大的问题。但商家则不然，他们如临大敌，完全摆出一副高度“备战状态”。你看看超市里的货架上，电蚊拍、电蚊灯，还有闻所未闻的“驱蚊软件”以及那些名目繁多的杀蚊灵、驱蚊液、电蚊香等琳琅满目，数不胜数。这不由使我想起了小时候老辈人用的那些驱蚊的办法。

所谓老辈其实也不怎么老，就是记忆中小时候的那些驱蚊办法，至今也就是七十来年。那个年代，乡间没有排水系统，村子里坑坑洼洼，一到雨季到处都是积水，蚊子大量繁殖。每到傍晚，成群结队的蚊子疯狂地向人们扑来，防不胜防。不论大人还是小孩，个个被叮咬得体无完肤。因庄稼人普遍贫穷，置不起蚊帐，只能就地取材，用些土办法驱蚊。最常用的办法，就是用一种“蚊子草”燃烧后的烟熏。这种草在山坡上处处看得见，它匍匐在地，蔓子有一二尺长，叶子呈尖圆形，开紫色小花（后来知道这种草的学名叫百里香）。人们把“蚊子草”薅回家，趁着新鲜时搓成手腕粗细的绳子，每根长约两米，搭在墙头上晒干备用。集市上也有卖的，是当时独一无二的驱蚊商品。每到睡前，把绳子点燃，微弱的火苗能成宿地慢慢燃烧，冒出一股蓝色的烟，闻起来有一种可人的清香味，很像薰衣草的味道。但蚊子多数受不了这种味道，乖乖地逃离。也有一些“死硬分子”，不叮咬你几口是不会罢休的。因此人们在夜间要想睡个清闲觉，并不那么容易。

我家离山较远，有时候“蚊子草”不宽裕，母亲还有一个办法：采一些槐树（国槐）叶子，晒干后用手搓成细末，再用一个口径大一些的泥盆，盛满草木灰，摊平后用食指从中间开始画出螺旋线。把搓碎的细末顺着螺旋线的沟撒满，点燃后暗暗的火苗从外及里绕着曲线转，冒出一股带着苦涩味的烟，驱蚊效果不比“蚊子草”差，差的是蚊子为躲避那股苦涩味逃跑了，人们则是要趁着这股苦涩味道才能无扰地入眠。

还有一种艾蒿草驱蚊法，也是把采来的艾蒿趁新鲜时搓成绳子晒干备用。但艾蒿的暗火容易半路截火，坚持不到天亮，于是人们就想出一个辅助的办法：把艾蒿绳子平放在地上，在绳子的下面及其周围撒上一些麦糠，点燃艾蒿后麦糠又被艾蒿引燃，两者抱团取暖，通宵达旦恪尽职守。此法驱蚊效果不错，就是麦糠燃烧的焦煳味有点呛人，且也麻烦。

现在的驱蚊方法比六七十年前的那些土办法，真是天上地下。年轻人想不到过往的那些岁月，老辈人遭多少罪。仅就这一点，我可以毫不夸张地说，现在的人享老鼻子福了。

我的棉袄棉裤是这样做成的

我们现在的衣服可以说是丰富极了，有西服、夹克、大衣、衬衫以及各式各样的裙子等；从颜色讲有红的、绿的、蓝的、花的，真是五颜六色，令人目不暇接。

谁能想到六十多年前，也就是一九四二、一九四三年，敌人对革命老区实行封锁，凡是城市里产的东西，就很难买到了。没有火柴，老百姓就用火镰打火，锄、镰、锨、镢等农具都是村里的铁匠自己打造的。老农民的本事大着哩，家家种棉花，当时有了木制轧花机，没有的就用手一个一个地撕，这就成了皮棉。然后，有的用手摇的弹花机，也有的用竹子自制成躬，用手反复拉动躬上的弦，“嘣嘣”响，也能弹棉花。有了棉花再纺线，有手摇纺车，没有纺车就自制纺锤，把棉花纺成线。

有了线，再就是织布了。但织布机不是每个家庭都有的，只有家庭条件好一点的才有。不过，当时一般的妇女都会织布，自家没有织布机的，可带着线到邻居家里借用一下。

有了布还不行，那个年代染料又买不到。我家本来开染坊，由于日本鬼子的封锁，原本用来染布的叫作“靛”的染料买不到了。

记得那是用一个方方的、蓝铁盒子装的，听大人讲是德国造的。布不能染了，夏天好说，原汁原味穿白的。有一年夏天，周围几个村的人奔走相告，说要“瘟人”了。用现在的话说，就是传染病大流行。可能指夏天或秋天的痢疾、乙脑等传染病。老百姓慌了，为避免“瘟人”，大人小孩都要穿黄鞋，或是在原有的鞋面上覆上一层黄布。没有黄色染料，老百姓就用槐树花煮水，用来染黄布。

秋天，家家准备冬天的棉衣，一般都是黑色，但买不到“朱青”。老百姓就把柞树、平柳树等六七种能煮下染色的树枝子，放在锅里熬水，把白布放在这种水里泡，然后，再把布放到从湾里挖出的陈年黑泥里，反复揉搓。经过这么几次反复，白布就染成了黑布。我们的老祖宗创造了“染”这个汉字，就是水加九种木头，也就是泛指若干木头。这比老祖宗的办法还进了一步，又加上了黑泥。说是黑布，就是“驴不青、马不皂”的颜色。我的棉袄棉裤就是这样做成的。当时不管男女老少，冬天穿的衣服，多是这种布料做的。

手纸的发展

我希望看过这篇文章的朋友，不要笑话我，更不要说这老头子是不是在胡说八道。我没有胡说八道。我说的都是大实话、真话。只是在遣词造句上有些粗犷，个别字眼不雅致，这无碍我的初衷。我的原意是，趁着我们这些七八十岁的老人还活着，把六七十年前，北方农村部分人生活的状况，如实地、无任何粉饰地记录下来，供后人看看，知道祖辈们是怎样生活的。以便年轻人珍惜今天的生活，去创造更加美好的未来。

我近日与几个老人共同忆了一下，把话又拉回六十多年前。我出生在远离城镇的农村，记忆中，那个年代只有三种纸，分别是：原书纸，学生用来描红、写大仿的；油光纸，学生用来订成本子，写作业的；烧纸，上坟、祭拜用的。上中学时，知道有新闻纸，至于手纸，那是二十世纪七十年代才看到的。

现在的小孩一出生，有尿不湿、消过毒的尿布、精制的卫生纸，城里城外，差别不大。不用爸妈买，奶奶姥娘、姑姑、阿姨等送的都用不完。六十多年前，没有这些怎么办？印象中最深的是用狗来解决。农村，大多数人家里养狗，当小孩拉了（大便），大人就唤一声狗，狗听到呼唤，或许闻到什么味道，就欢快地一个蹦跳到床上，又吃又舔，一会儿工夫，干净利索解决问题。来自黄河岸边的老友说，他老家那里，黄河年年发大水，到处都是很细的沙土。谁家生了小孩，就把沙土挖来，用筛子过一过，放在阳光下晒干，铺在炕上，又松又软。小孩子就躺在沙土上，尿啦，拉啦都在沙土上，换一下就行啦。沙土到处都是，又省力，又干净。

大一点的孩子，都是拉无定所，拉完了后，那屁股擦与不擦，老人都说不清、道不明了。但还能记得，那时的裤裆里，总是不干净的。再大一点，都是就地取材，随手捡石头、瓦片、树枝、土块来解决问题。实在无物可用，也有办法，把屁股一撅，靠在树干上、墙角上下滑动几下就行啦。常常看到，有的墙角覆盖着厚厚一层干屎。不过没关系，有句老话说得好："干屎抹不到人身上。"

学生，也好不到哪里。初中三年，都是高粱秸围成的大茅坑，就地取材伸手折一块就用。高中三年，进了一大步，文明了不少，用些过时的作业本、废报纸等。大茅坑，肚量大，什么纸都能包容。到了读大学时，条件好了，盥洗室里有了冲水蹲盆，也配备了工友，负责清理卫生。可是由于手纸跟不上趟，废报纸、旧讲义、香烟盒等都派上了用场，时不时地把便盆或下水道堵死。盥洗间时常"水漫金山"，有时需用砖头垫起来才能进出。

二十世纪七十年代，手纸进了普通家庭，白的、绿的、红的，都是再生的，很粗糙、韧性差，用量多。所以那时不论家庭还是宾馆，卫生间里都备了个纸篓，但仍时不时地堵塞了下水道。

再看今天的生活，城里、乡下都用上了手纸，花样、品牌繁多，质量越来越好。还有几人能想到，老辈们是怎样生活的？还有多少老人，能讲出多少老办法？

借火

走出航站楼大门，见一小伙匆匆从兜里掏出香烟，夹在手上，但苦于没有火柴或打火机，左顾右盼，一脸无可奈何的样子。终于遇上了一个嘴里呼着烟的，他赶紧凑上去说，麻烦一下借个火，显得彬彬有礼。我听到“借火”这两个字，脑子里立马浮现出小时候借火的往事。

抗日战争时期，敌人对根据地实行封锁。城里生产的日用百货，全部断了来源，就连一盒洋火（火柴）也买不到。可这火是一天也离不开的。无奈之下，老百姓又把多少辈子前老祖宗的绝活搬出来啦，用火镰打火或是向左邻右舍“借火”。

用火镰打火，说起来容易，做起来有一定的难度。这通常都是老爷们的事。要备好三样东西：火镰、火石、火纸。火镰一般铁匠都会做，长七八厘米，宽二三厘米，厚二三毫米。火石要用石英石，敲碎后有锋利的断口。火纸用的都是黄表纸，卷成指头粗，最要紧的是纸卷头上要有一搓灰，用过后小心放到竹筒里把灰保存好。打火时，把火石、火纸放在右手虎口里，火石在前，火纸在后。左手持火镰由后向前快速且带有撞击性地滑动，火石就能冒出几个火星，一旦有火星落在火纸的灰上，立马拿起火纸，用嘴轻轻吹那火星，火星越吹越旺，直到冒出明火，可用来点灯、做饭、吸烟等。冬天用火的时候多，一般家里断不了火。做饭时，灶膛里的余火，会烧些树枝、豆秸、花生皮之类的，大半天也不会灭。

夏天则不然，一是用火少，二是雨水多，柴草返潮，火种就不好保存。还有，不管春夏秋冬，说不定什么时候，火纸头上的那点灰就掉了，再好的火镰，往往也打不着火。一旦断了火，就得到邻居家借火。方式是端一个泥盆子，从灶膛里掏些还闪着火光的热灰，回家后来个死灰复燃。二是拿打火用的火纸、火绳（用沤过的地瓜蔓搓成的）把火种取来。

看看现在，煤气灶上有电子点火器，吸烟有打火机，点灯（开灯）有开关，火柴可有可无。年轻人，你能想象到七十年前，“借火”的那些人，是多么珍惜火柴吗?

香皂、肥皂

香皂和肥皂都是现代每个家庭必备的生活用品。可在我小时候，也就是六七十年前就不这样了。

那时香皂不叫香皂，叫胰子，是珍品，农村一般家庭是没有的，只有闺女出嫁时才能买来作为陪送，都是装在一个带花的香皂盒里。老百姓平时用的，是家里杀猪时，把猪胰脏扒下来，加上白碱面子，用斧头敲烂后，用手团成的一个个鸡蛋大的团子，这就叫胰子。平时用它洗手、洗脸。

肥皂那时也不叫肥皂，叫洋碱。普通家庭倒是有，但不多。小孩子刮一点放在碗里，加上水一泡，嘴里含一根麦秸管吹泡泡是一大乐趣。到了一九四二、一九四三年，香皂、肥皂和碱面子这种城里生产的“洋货”就买不到了。没有胰子没关系，老百姓本来就很少用那玩意，脸也不用天天洗，白水摸弄两下就行啦。可没有“洋碱”和碱面子还真不大行，衣服总还是要洗的。真是天无绝人之路，老百姓还真有办法。比如，把草木灰放在筛子里用水过滤，漏出来的这种水泡衣服比较下灰；还有从山上挖一种叫翻白草的草根，晒干捣成面子再泡水，也可洗衣服；做豆腐滤下来的汤水，用来泡衣服也能下灰。这些办法家家户户都能自力更生。尽管上面这些办法无法与现在的肥皂、洗衣粉、洗衣液相比，但在那些特殊的日子里，也算没有办法的办法了。

戗剪子来——磨菜刀

小区的墙外传来了“戗剪子来——磨菜刀”的吆喝声，这声音每个字拖的腔调唤醒了我七十多年前的记忆。小时候常见衣着褴褛肩上扛着小条凳，一头挑着磨刀石，一头是个小竹篮子的人，走街串巷，嘴里不停地吆喝“戗剪子来——磨菜刀”。印象中这些人都是穷人，他们多是来自安徽灾区，为了糊口活命，四处流浪。他们每戗一把剪子或磨一把菜刀，换来的仅仅是一碗高粱或是一瓢地瓜干什么的，给多给少没个准数，全凭客户自家条件和心愿随意给。遇上吃饭时，就管顿饭吃，一碗稀饭和几个煎饼，鲜有给钱币的。到了晚上，就借宿在村里，当然，他们会为房东戗剪子或磨菜刀作为回报，他们的社会地位和生存条件仅比乞丐好些。

这久违的吆喝声让我感到亲切，有回到童年的感觉，于是我翻出一把多年不用的剪刀出了门。肩上扛的小条凳和小时候见到的相似极了，只是穿着上好了许多，手里还拿着一个扩音喇叭，也算是现代化了。他一边戗着剪子，一边和我说话，他说他姓于，干钩于，今年七十岁，安徽涡阳人。年轻时就学会了这门手艺，那时戗把剪子八分，弄个零花钱。现在戗一把剪子三块，磨一把菜刀四块，每天能挣个三十四十的，遇到哪个饭店多磨几把刀，弄好了能挣五十来块，但这种情况并不多。他租了一个小棚子，每月租金一百元，吃饭每天花十五六元。我又问还喝个小酒不？他笑笑说不喝。

他还告诉我，他只有一个女儿，嫁到外村多年，老伴十几年前就走了，是一个人过日子。家里有三间房，两亩地，他把地交给侄子种，侄子管他吃粮，每月给五十元零花。这两年政府每月还给五十五元，看病有“新农合”（新型农村合作医疗），他笑笑说日子过得还行。我说你这种情况属“五保户”，这么大岁数怎么不去养老院？他说：“镇上有个养老院，我这种情况的可以去。但我现在胳膊、腿都还好使唤，去那里等吃等喝，说不好听的就是……”他没继续说下去。

老于师傅个子不高，身子骨还算硬朗，他说出来干一点，到处走走看看，一年还能攒个两千三千的，比窝在家里强，侄子侄媳妇对他都很好，实在动不了啦，就靠侄子养了。于师傅干活很仔细，戗一会就在一块破布上剪几下试试戗出的刃子快不快，戗戗磨磨反复多次。结账时我拿出五块钱说不用找啦，他连说谢谢。我说：“不用谢，你配合一下照个相吧。”他笑啦。

“捞干饭”的故事

很小的时候，听母亲讲过一个“捞干饭”的小故事，想起来感到寓意很深，记录下来供大家品味。

捞干饭就是现在的做米饭。小时候，家乡的米饭是这样做的，先把米放到锅里煮开，再把米捞出来放到篦子上蒸，蒸熟的米饭叫干饭，利利索索不黏糊，挺好吃。蒸米的水叫饮汤，喝起来甜兮兮、香喷喷，不比茶水差。

故事是这样说的，有一个媳妇，能说会道，好显摆自己。一天家中来了客人，吃饭的时候，客人故意客套了一下，称赞说好干饭，媳妇听后很高兴，赶紧抢话说，她捞的。客人接着说，有几个沙（子）里头，媳妇赶紧解释说，是姑淘的（米）。客人又说，火候稍差一点，媳妇又赶紧辩解说，是奶奶烧的火。

这小故事的寓意无需做任何解释，一看便明白。生活中也不乏这种“媳妇”。时光过去了快七十年，现在都用电饭煲做米饭，再没见到哪家还捞干饭，年轻人就难理解这捞干饭的小故事。但我不想让这个故事消失。

烧木柴的汽车

我头一次见到汽车是七岁那年，一九四四年初秋。此时地里的谷子还不熟，但谷子行距之间种下的豇豆已经陆续成熟。豆荚刚刚鼓起时，摘下来煮着吃又面又香，好吃极了，我和二哥尝到了甜头，主动性就来了，不用大人吩咐，三天两头就跑到地里摘豇豆。一天来到地名叫“小北河”的谷子地头，两人傻眼了，好端端的谷子地被拦腰截断，不知什么时候被从东到西修了一条公路，是连接东面的月牙岭和西南方向的幽尔崮两个日军据点的。所谓公路就是平地两边各掘出一条不大的沟，泥土抛在谷子地里了事。成片的谷子已经被碾压在地上，看来敌人的汽车已经跑过。小北河西边有条大沟，敌人就把河边的大树伐倒横躺在沟上。敌人掘地修路、伐树架桥不商量，老百姓的愤怒憋在心里，尝到了国弱被敌欺的滋味。

田野里，天长日久自然形成了一套排水网络，一般地里存不下水，也涝不着。敌人这一修路，把那些沟沟壑壑都打乱了，前一天的雨水还存在地里，水汪汪的。临近中午，敌人的汽车来了，当经过我家的谷子地时，车轮就碾压着倒下的谷子开过去。等到接近小河边的桥头时，那里没有庄稼可垫，车轮在泥浆里打转，泥浆朝后方甩出老远，车轮就是爬不出来，汽车也“累趴”了。

先前听大人讲过敌人有汽车，但很少有人亲眼见过，这天我算是开了眼界。不过，那次看到的汽车严格来说算不上真正的汽车，因为它不像现在的车烧汽油，它烧的是木柴。那时，我分不清它烧的是什么木柴，但清楚看出木柴长约二十厘米，一小捆五六斤。汽车烧木柴，又联想到敌人的飞机甩手榴弹，人们就议论敌人连炸弹都扔不起了，汽油也没有了，敌人快完蛋了。第二年春天，敌人的汽车不再来了，幽尔崮据点的敌人和伪军也不敢轻易出来了，我家的那块被一截两段的地恢复了原貌，这年改种了高粱。

我送过的一封鸡毛火促信

我小时候，具体说就是一九四七年秋天的一个下午，我正在村东头的沟里放牛，突然隐隐听到有人呼喊我的名字，我把牛托付给小伙伴代管，边答应边从沟底下向外跑。喊我名字的，是我平时叫他大叔的金宝昌。他是从外村迁来的，也是村里唯一的一户姓金的。他家原本很穷，后来分到了土地、房子和浮财，不再给人家扛活打工，改做治安员。我随他走到我家，看到村里几个干部都在我家的堂屋里，有的坐着，有的站着，个个脸上都浮现出一股没法掩饰的紧张。我进到屋里就听他们说，到了临沂啦，“还乡团”已过了十字路（隶属于临沂莒南），等等。他们议论的正是一九四七年秋天国民党军队重点进攻山东解放区的事。

那时的村公所没有专用办公室，家父时任村长，一枚长方形的“相家楼村村公所”的印章，平日就放在我家堂屋里正面方桌的抽屉里，村干部也时常在我家堂屋里开会。没等我喘口气，村指导员（相当于村支书）相振生交代我一个任务，让我把一封信送到南山底下的小官庄。那是一封叠成三角形的信，在重叠的两层之间插着一根火柴和一只火红色的大公鸡尾巴上的长毛，当地把这种做法叫

“鸡毛火促”，意思是十万火急。那个年代乡下没有电话，区公所里有个交通员，上面的指导精神和消息都由交通员传递。像这种接力式的一个村一个村往下传的信并不多见。与我一起去的还有四叔，背后里大人小孩都叫他乔巴（呆子）。因青纱帐里时有野兽出没，和他一起去就是壮胆。我穿的是叠腰式的裤子，指导员把信叠到我的裤腰里，用布条子腰带系好，叫我快快上路。

四叔原本就没有几句话，出发前指导员反复嘱咐，路上少说话，遇到生人别搭腔，两人闭紧了嘴一路小跑赶到小官庄。打听到村长住在村西头，见一排栀子围起的院落，门朝西，用枝条编制的栅门虚掩着，我独自推开门进去，村长正在家喝水。我低下头把那信从裤腰里掏出来，递给村长，说：“我是相家楼的，这信要送到大官庄。”村长接过信，看看那鸡毛火促，很是难为情地说：“后晌刚发丧了老娘，这——”我没有再言语。当我退到门外，看到一堆刚刚烧过的纸灰和出殡时摔碎在地的老盆。我借着完成任务的那股轻松劲，和四叔有说有笑地跑回家。

事情过去整整六十五年了，至今我不知道那是一封什么内容的信，村长脸上那股难为情的样子时不时地在我的记忆里再现，那封信他传下去了吗？

七十年前农村靠什么通讯

现在的通讯手段真是数不胜数，有书信、电报、电话、手机、传真、短信等，谁会记得，六七十年前的通讯手段是什么样子？记忆中，那时只有捎口信和写信两种办法，还没听说电话、电报这两个名词。写信在当时也算是比较时髦的做法。庄户人家读书识字的不多，要想写封信，多数得托人写，幸亏村里还有几个读书人，街坊邻居都好说话，好拜托。有的村庄小，满村找不出个“秀才”，就得到集镇上花几个小钱，求人代笔。每个集镇上都有一两个穿着长袍，头戴一顶圆圆的瓜皮帽子，前额上挂着一副花镜的老先生，摆个小摊，算命占卦，兼营代写书信的生意。区公所西临门就有个邮政所，邮差肩上挎一个绿色的邮包，全凭两只脚，隔三岔五地到村里跑一趟，送来从外面邮来的信件、包裹等，带回向外发的信件。除挂号信和邮包外，邮差不入门到户，只到村公所。谁家有要外寄的信，提前把信和邮资放到村公所。收到挂号信和邮包的不需签字，只按手印，因能签字的人全村找不出几个。

抗日战争时期，原本就不怎么样的邮政系统也瘫痪了，书信往来基本中断。一九四〇年冬天，家兄刚过十三岁，就和五六个同学一起参加了新四军，成年不见音信。每当听到哪里打仗了的传话，老娘就成宿睡不了觉，一遍一遍地叨念：“咱孩子赶着没趟上（当地土话，没遭遇的意思）?”此时唯一能传递信息的就是捎口信。偶尔有同乡探家的或有公事路过的，哪怕相隔几十里，也要把口信捎到。真是一言抵万金啊！

记不清是几岁那年，我和小伙伴们在街头玩耍，从村子东头走来一男一女，女的四十多岁，是当地普通妇女的打扮，男的看起来二十岁上下的样子，方脸大眼睛，穿白色土布对襟小褂，蓝色的裤子，像是出门相亲的母子俩。先是女的问：“这是相家楼村吗?”得到肯定答复后接着把腰弯下，问一个比我大一些的孩子：“你知不知道染坊家在哪里?”几个孩子齐刷刷地把目光转向了我。还没等哪个孩子回答，那男的惊奇地喊了一声：“不用问了，就是他，一模一样!”同时一只大手把我紧紧揽在他的怀里。

我带路进了家，见到我娘，没有谁来得及说一句迎接或客气话，那小伙子就冲上前去，攥住我娘的手，从嗓子眼里喷出一句话：“大娘，相见（家兄的名字）很好!”这句话不知在他肚子里憋了多少日子，我娘更数不清盼了多少个日日夜夜。娘高兴地哭了，一起进家门的大婶也哭了，两双大手紧紧握在一起，眼泪吧嗒吧嗒往下直流，她们脸上堆起的却是灿烂的笑容。

原来这是东面二十里开外的庄家村的母子俩，儿子姓庄，和家兄同在新四军政治部下属的部门。这次因公差路过本县，特意到我家捎口信。

一个口信，一扫一年来老娘对儿子揪心的思念和压在全家人心头上的愁闷的乌云。

看看六十五年前山东邮政什么样

战争年代交通、通讯十分不便。特别是一九四七年，元旦刚过，鲁南战役就打响了，接着是莱芜战役、孟良崮战役。家乡在抗日战争胜利后建立起来的邮政系统，基本停止了运转。大哥一年没有往家写信，全家人整天为他的安全提心吊胆。直到一九四七年底，国民党军队退到青岛，家乡基本恢复了平静生活，此时的邮政系统也开始运作起来。

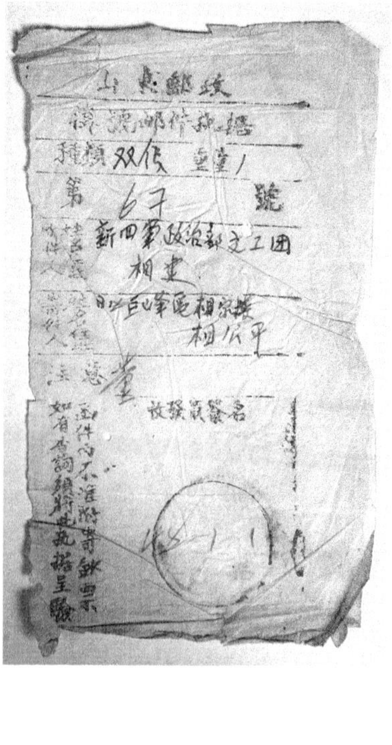
山東郵政
掛號郵件收據
種類 双信 重量1
第 67 號
新四軍政治部文工团
相建
收發員簽名

一九四八年元旦那一天，我随父亲到巨峰区邮政所，给我哥寄信。由于时隔一年多没有书信往来，不知我哥在何处。为保险起见，索性就发个双挂号吧。那时的邮政路线范围有限，只能在解放区投递。我记得当时并没有在信封上贴邮票，现在分析，可能是前台先收下邮资，事后再贴邮票，抑或当时压根就没有邮票。那位董同志收下邮资后，给了一张邮政挂号收据（见右图）。收据是用油光纸红色油墨油印的，长 12 厘米、宽 7 厘米，标题为山东邮政。横排，分七栏。第一栏挂号邮件收据；第二栏种类“双信”(引号内为工作人员填写，下同)，重量“1”；第三栏第“67”号；第四栏收件人姓名住址“新四军政治部文工团相建（见）”；第五栏寄件人姓名住址“日照巨峰区相家楼相公平”；第六栏注意；第七栏空间较大，横排是收发员签名“董”（签在了第六栏)，竖排两列：第一列如有咨询须持此收据呈验，第二列函件内不准附寄钞票。盖红圆章，落款是“48.1.1”。由于红章颜色太淡，内容看不清。

一张收据，折射出六十五年前解放区社会的一个侧面。这收据看起来实在简陋，但它却是邮政的“新生儿”。

一张纸条见证家乡对解放战争的无私奉献

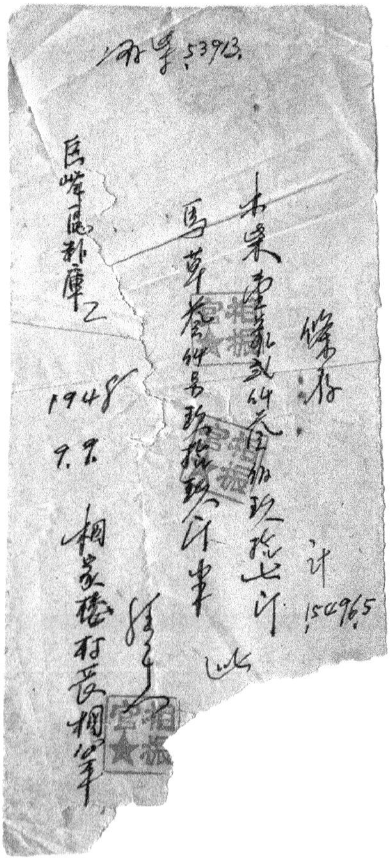

右面的这张纸条是在家父的一个笔记本里找到的，距今已有六十五年了。这张残缺的纸条见证了家乡父老对人民解放战争的全力支援和无私奉献。

凡是那个年代那个环境下过来的人，都记得解放战争期间，沂蒙儿女抬担架、做军鞋、摊煎饼支援前线的贡献。而这张残缺的纸条又告诉我们，解放军不但需要粮食，还需要柴火，马匹也需要草料。有句老话叫“兵马未动，粮草先行”。这张纸条叫“条存”，内容是木柴一万两千三百九十七斤，马草三千零九十九斤半。右下方写：计 15496.5。偏上方写：存柴

53913。左上竖写：巨峰区粮库 2。左下落款：1948.9.9，相家楼村村长相公平，经手相振官（印）。

以现在的行文习惯，“条存”似有不好理解之处，当时的行文规则是从上到下、从右到左，“条存”就是“存条”的意思。那么为什么不叫收条呢？可时间过去六十五年了，当事人和那个年代的村干部，都过世几十年了，又去问谁呢？我的理解是这样的，一九四六年，村里原有的三间“公账屋”（村里办公的房子）已分配给了没有房子的贫农，此时的村公所没有固定的办公室，村干部的碰头会时常在我家的堂屋里召开。这年我虚岁十二，耳闻目染，对村里区里的事情便多有所闻。一九四八年九月正是淮海战役的前期，为了筹备军用物资，区里成立了由军、地（方）两方组成的指挥部，战争尚未打响，这些征收来的东西只能暂时寄存在区粮库里。巨峰区粮库 1 是专门储存粮食的，粮库 2 是用来储存柴火、马草和其他杂物的。家父的笔记本里还有类似收八印锅、电线杆子之类的条子。我想也许还包含着“条存”就是指粮库暂时代为保存，并非支前指挥部已征收，一旦不用了或是没用完，还可退回的意思。

解放战争是一场人民战争，想起当时那种全民动员人人参战的动人场面，就不难理解为什么使用小米加步枪的解放军，仅用两个月的时间就取得了淮海战役的伟大胜利。家乡人民的全力支援和无私奉献功不可没，永载史册。

村名趣谈

村的名字和人的名字一样都是符号，不过在确定这个符号的时候，村和人是有区别的，村庄的符号像一张脸谱，在脸谱背后往往有一段历史或故事。我承认自己知道的村名并不多，但也有足够的理由说，村名如同人名，也有地域差异。二十世纪六十年代，我在书写病历时常常遇到一些奇奇怪怪的村名，感到有些村名太脸谱化了。他们往往以特色职业和姓氏结合的方式命名，如狗皮张家，顾名思义那个村就是因熟制狗皮而得名且以张姓为主；簸箕栾家不用说，那里先是聚集了几户栾姓编制簸箕的，后才有了这个村。这种脸谱化的村比比皆是，如罐刘家、碓徐家、篮球高家等，不用诠释你也明白了八九。

我的家乡村名脸谱化不那么明显，如相家楼、卜落、巨峰，没见到也没听说用特色职业和姓氏结合的村名，但不是说这里的村名背后就没有故事，相反，有的故事绝无仅有。如左边两点水、右边一个口组成一个在新华字典上查不到，康熙字典里也找不着的字，叫“zhàn”，后面加个“子”，就有了“zhàn 子村”。史料记载这个村是个移民村，最初有外地几户人家到这里以打鱼为生，慢慢地人就多起来，他们的住处两边各有一条河，以两水相抱的形象造了个新字 zhàn，起了村名。小时候就知道这是当地出名的大村，本地人没有不知道这个村的。外地人就往往闹出笑话。那时候听人讲故事：一邮差是外地人，初来乍到不认识这个字，举着一个投寄到 zhàn 子小学的信封到处打听“两口子小学”。恰巧又遇上些睁眼瞎，被打听的人弄得一头雾水直摇头。这个村有近三百年的历史，人丁兴旺，渔业、商业发达，原本过得好好的，改革开放后遇到了新问题。当办公实现了“电脑化”之后，书写文件信笺、签订合同、户口、身份证等处处受阻，无奈只得把那个两点水和一个口的字用同音字“栈”代替，将村名改为“栈子”，如此解决了“电脑化”的尴尬局面。但村民很不习惯，以为字不达意，有人酝酿再改过来。

梭罗树村，是以树名作为村名的，它的背后就有一个美丽的传说。梭罗树原产于南亚和我国南方少数地区，北方很少，只有在寺院里偶尔见到。我们村南边不远处有座山，山脚下有两棵古树叫梭罗树，传说有一千多年树龄。明朝燕王朱棣行军打此路过并扎营休息，见两棵古树树姿优美，宛如天然帐篷，喜欢有加，于是留下一陈姓士卒看守。后来，又有迟姓和崔姓人家到此居住，形成了一个村落。有了村总得起个名字，三姓经协商同意以古树的名字作为村名，如是就有了梭罗树村，现在叫梭罗树社区。

当然全国不知有多少个村，南方北方习俗差异很大，稀奇古怪的名字也不会少。应当说不管叫什么名字，其背后都有一段历史、一个或多个故事，亦或美丽的传说。

趣说诨名

我不是支持起诨名，只是觉得这起诨名也有一定的学问。从外出读书算起，我离开家乡整整六十年了，现在对那里既熟悉又陌生。叔叔大爷，街坊邻居，许多人过世了。好些人的名字也忘记了，但还记住若干个人的诨名。想想有些诨名，也怪有趣的。之所以许多人有诨名，可能与这是个单姓村有关。杂姓村，人们可相互称呼老李、老刘、老赵等；我们村，几乎清一色的姓相，且辈分清楚，不可能叫老什么。当着面都是按辈分称呼，背后则叫大名或诨名。

我把记忆中的诨名分成五类。一是生理特征，如大老黑、大耳朵、小鼻子。这些无疑是根据个人的生理特点起的。二是根据出生或住地，如小高丽、老河东。因是出生或到那里闯荡过得名。三是行为特点，如二猴子，此人因年轻时上墙爬屋、多动而得名；三酒壶，此人好喝，且酒量极大，因此得名。四是职业，如大铁匠、二窑匠、猪肉客，后者是村里杀猪卖肉的。五是小典故，说起来怪有趣。如“三包半”，这是因为早年间，庄户人家姑娘出嫁，娘家陪送嫁妆是一对大箱子和一个小箱。大箱子盛衣服，小箱是放果子（点心）的。小伙子娶了媳妇高兴，出来显摆说，小箱里放了四包果子，叫他吃了三包半。此后，他的名字就被“三包半”取代了。“瞎二十”也是诨名。某公家贫，朋友安慰他说，日子往后会好的，儿子都二十啦。公自谦地说，瞎二十呀。说来也巧，这儿子能耐也的确不强，“瞎二十”这个诨名就伴随了他一生。还有“好看”，几个媳妇凑在一起做针线活儿，免不了议论一下谁家男人如何。一辈分小的媳妇对另一辈分大的妇女说：“您家大叔人好，就是个子矮一点……”下面的话还没说完，辈分大的妇女赶紧抢着说：“矮是矮点，可是好看嘞!”此后，一个新的诨名就传出来了。我听别人说这故事的时候，“好看”大爷爷（按辈分称呼）已是六十多岁的人啦。

诨名，也是时代的产物，那时绝大多数的人没进过学堂，又不习惯叫大号，诨名就有了产生的基础。今年我回到村里，与几个年轻的说起这些诨名，大家都哈哈大笑，异口同声地说，现在没有了，现在没有了。

我家的米袋子

记得小时候我家有个米袋子，它是我母亲为新来的弟弟专门缝制的，在别处未曾见过。

一九四二年秋天，日本鬼子的铁蹄践踏了我的家乡。我只有两岁的弟弟因高烧、腹泻、抽风，未经任何治疗就死了。母亲伤心极了，成天嘟囔着弟弟的名字，吃不下饭。此时我的外祖父就像应天而降，怀抱一个小孩，翻过二十多里山路到了我家。原来这是我舅妈的孩子，因舅妈患了结核病，命在旦夕，外祖父爱孙心切，就想让我母亲把孩子养着。记得外祖父把孩子从怀里掏出来时，在场的人都傻眼了。一岁多的孩子，就像一只小猫，哭都哭不出声来，皮包骨头，两条小腿像麻秆一样。父母看这孩子很难养活，有些犯难。外祖父说，养着看吧，不养反正也是个死。

孩子留下了，看他那小嘴一张一合，就是哭不出来，知道是饿了。姐姐抱起来，跑到有孩子吃奶的邻居家里为弟弟讨口奶水吃。她们见了这孩子，也都吃惊不小，担心养不活。出于邻里关系，不管到了谁家，都很热情。但那时庄户人家吃糠咽菜，奶水本就有限，光靠几家不行。只好由母亲和姐姐，轮流抱着打游击，跑遍大半个村。雨露滋润禾苗壮，慢慢地，弟弟长肉了，干瘪的小脸一天天有了光泽，危险期过啦。母亲实在不好意思再继续麻烦她们，决定自己喂养。当时，庄户人家压根就没听说还有什么奶粉，断了奶的孩子就只有用地瓜或米饭喂养。那时，我家的米不多，吃煎饼时，都只能熬点米汤当水喝，想把米从汤里捞出来给弟弟吃很困难。有了这个米袋子，熬米汤时，先把米装进袋子里，等米汤熬熟后，把袋子提出来，米多米少都在袋子里，专给这个弟弟吃。弟弟没有辜负这米袋子，依靠这米袋子，一天天长大。

原本我们是哥仨，现在成了四个。大哥早就当了八路。在父母安排下，二哥留在家里放牛种地，弟弟和我一起上学读书，直到大学毕业。姐姐只念了个高小毕业。

父母在弟弟大学毕业之前，相继离开人世。头几年我回到老家，听到有人说，不让自己的孩子读书，叫人家的读，似有埋怨的意思。二哥从不这么想，他说："如果咱姊妹四个都读书，叫玉军（弟弟的名字）放牛种地，人家怎么评论父母的为人？玉军好样的，逢年过节都来家，又是鱼又是肉，还给我零花，亲兄弟待怎么样？"

今天是母亲去世五十一周年的忌日，我把此文奉献给九泉之下的母亲。

重回姥姥家

清明节期间，我回老家想寻找一下小时候走姥娘家的那种感觉。现在那里唯一的亲戚就是大舅妈家的二表弟。上次见面是一九六〇年十二月二十八日，表弟到我家为母亲也就是他的姑妈送葬，那时他是一名初三的学生，个子不高，瘦瘦的小脸上还是孩子气。时隔五十二年再次见面，如果不是邻居提前通气，那是无法相认的。出现在我面前的是一个干巴老头，不过坐下来端详，姥娘家里那些曾经熟悉的面孔又隐隐约约浮现在眼前。

表弟把我领进家，我环顾一下，这个院子并不陌生，还是记忆中那个院子，老房子犹在，只是多出三间宽敞明亮的西厢房。一会儿茶冲好了。喝着茶，我问表弟这些年来的事。表弟说，从上次咱俩见面到现在已五十多年啦。一九六一年秋天他初中毕业，考上了高中，因为体检表上说有肝炎（肝大），被取消入学资格。高中不能读了，肝炎可得治呀。跑了不少医院，吃了一包又一包的中药，变卖了家中能变钱的一切，就是不见效，肝脏该大的还是大。直到一九六二年，秋天地瓜收成不错，肚子吃饱了，不知不觉肝不大了，后来医生又说当初就不是肝炎，是营养不良性肝大。表弟沉默了一会，说：“唉，这一次误诊可误了我一生啊。哥，你不知道，那个年头，你在城市，和乡下不同，城市还供应二十六斤粮食，每月半斤鸡蛋、猪肉、花生油什么的。乡下哪里有这些？一年到头不见点荤气……”我看表弟那痛心的样子，赶紧岔开话题，问起现在的日子。他嘴角抽动了几下说，为了生存，他学了个修鞋匠。家里条件太差，找个媳妇都难，后来和一个苏北讨饭的姑娘组成了家庭。一晃几十年过去啦，三个闺女都出嫁啦，现在就剩老两口。有二亩地，粮食足够吃的，喂了六七只山羊，一年能弄个三四千元的零花，行啊！

告别表弟，我几次回过头，难舍那童年的记忆。

雪后勾起的往事

人到老年，各种欲望和诉求与日递减，唯独对国内外新闻和天气预报情有独钟。每天的山东新闻和中央电视台的《新闻联播》及其之后的《天气预报》，那是必看无疑。昨晚电视台报道一月二十八日天气良好，多云；本市气象预报内容是：“烟台市区十五时气温零下三摄氏度，今夜到明天多云，西北风转西风三到四级，零下六摄氏度到零下一摄氏度。未来三到四天天气晴好，气温稳步回升。”谁会想到，今天早晨打开窗帘，我愣了一下，地上已被白雪覆盖得严严实实，天空仍在飘着雪片，一场不大不小的雪就这样神不知鬼不觉地来到人间，这真是应了“天有不测风云”这句老话。

此时我突然想起，小时候玩雪的那种乐趣已褪色许久，立即给已是七十多岁的老弟打电话，想与他一起重温儿时玩雪的快乐。老弟抱怨起老天爷不公，说家乡这几年就没下过雪，二〇一一年连个雪花都没见。今年元旦过后，终于盼来了一场雪，谁知老天爷不给力，勉强算是盖地皮，没能给孩子们创造玩雪的条件。小时候家乡冬天经常下大雪，每当大雪降临之际，关门睡觉之前，父亲都会拿一把铁锨放到屋内，以备早晨开门时铲雪用。大雪之后，孩子们可欢啦，小孩腚上三把火，那时日子过得艰难，孩子们穿着单薄，堆雪人、打雪仗，往往玩得满头大汗。抓麻雀更是孩子们的一大乐事，在院子里清扫一块地方，撒上一把粮食，再用木棍支起一个筛子，一根绳子系在木棍上，小孩子躲在暗处，饿急了的麻雀一旦落下来觅食，把绳子一拽，筛子立马就扣下来，关在里面的麻雀就变成孩子们的美食，这又应验了“鸟为食亡”这句老话。大人们有的则到田地里去打大雁。每到冬天，一群群的大雁时常盘旋在村外，它们以麦苗为食，往往能把成片的麦田吃光。小孩子们挎着篮子，到田地里把雁的粪便捡回来喂猪。遇到大雪天，麦苗被厚厚的积雪覆盖，大雁找不到食物，就在空中盘旋，寻找食物。大雁很聪明，警惕性很高，觅食时都派出了“警卫”站岗放哨，一旦发现情况会尖叫一声，雁群扑棱扑棱就飞起来。

六七十年光景，在历史的长河中，仅仅是一霎那，但已让人感受到气候变化了不少，环境变化更是有目共睹。家乡的雪少了小了，孩子们失去了玩雪的机会。即使被说成雪窝子的烟台，多年来，也没听到那曾经熟悉的雁鸣。

故乡情缘

回忆我的父亲

父亲过世六十多年了，记忆中父亲是一个有头脑且不乏智慧的人。他的话不多，脸上不轻易流露笑容，我从没见到他开怀大笑过，他的感情深沉，仿佛心底里埋藏着多少苦难和忧伤。他与孩子们没有多少交流，特别是有关他的童年、父母和家世，从来就没听到他吐露一个字。关于祖辈的情况，我都是从母亲和大姑妈那里知道的。父亲过世的那年还不满五十四周岁，与同龄人相比他的两鬓过早地白了，他给人的印象似乎是个年过花甲的老人。父亲额头那深深的皱纹，镌刻着他童年的苦难、饥荒及其为生存而苦苦挣扎的艰辛，那就是他的自传。五十几年的人生太短，但他跨越了腐朽的清王朝、北洋军阀、民国，亲历了抗日战争、解放战争和中华人民共和国成立。父亲是一九〇二年六月出生，一九五六年一月离世，短暂的人生大部分在战乱中度过，安稳日子真没过上几天。

父亲的父亲，也就是我的爷爷，弟兄三个，他是老三，自幼过继给他的叔叔，一个地地道道的庄稼人。从大姑妈和母亲零零碎碎的不经意的聊天中，我知道了关于爷爷的一些令人不那么愉快的往事。爷爷在三十岁出头就得了心痛的毛病，依大姑妈诉说的病状，我确认爷爷得的是胃溃疡。那个年代缺医少药，有病乱投医，有人推荐给他的“治疗”办法就是用大烟葫芦烧水喝，爷爷屡试屡效。没多久爷爷和烟土难解难分。原本还算温饱有余的日子每况愈下，赖以生存的土地一次次变成毒资，化作一圈圈云烟。母子矛盾日益激化，此时我的祖母又生下她最后一个也是第五个儿子，偏偏又是老天爷作孽，当最小的儿子出生不过两三日，奶奶就发热不退，昏迷不醒。可怜她还没来得及看清这最小的儿子是啥模样，第七天就撒手归天，撇下了五个儿子、三个姑娘，最大的姑娘十六岁，最小的儿子出生七天，留下一个噩梦。

天塌了，地陷了，出生七天的孩子由爷爷的姑妈抱走喂养，保住了一条命。老奶奶（曾祖母）眼前是一个败家子和七个未成年的孙子孙女。我的爷爷无法承受如此巨大的变故和压力，失去了面对眼前的现实的勇气，悄无声息地撇下年逾古稀的老母和八个未成年的孩子出走了。从此音信皆无。

日子再苦也得过，老奶奶治家还算有方，守住了剩下的土地，承担起养家糊口的重担。孙女孙子一天天长大成人，大姑二姑相继出嫁，大伯父和我的父亲也一个个成了家，和和睦睦地生活在老奶奶主持下的一个大家庭。她的三孙子、四孙子闯了关东，在奉天铺子里当小伙计，最小的孙子也就是那个出生七天就没了娘的孩子，跟随邻居到朝鲜定州种菜去了。

老奶奶活了八十四岁，应了“七十三、八十四”那句老话驾鹤西去了。三个孙子回来奔丧，在安葬了他们的奶奶后，我的二爷爷意识到三个未成年的侄子也很快就要成家，这时是二十世纪三十年代初，兵荒马乱回来趟不容易，不如趁着兄弟们都在场，把家分了吧，这也是早晚的事。

二爷爷主持分家时，从总的资产——其实就是几亩地，先抽出三个侄子结婚和我最小的三姑嫁妆的份子，然后再平分成五份。母亲说父亲只分到四份土地、一圆兜（用苘秆编的椭圆形的篮子）地瓜干。此时我已经有两个姐姐、一个哥哥，也是不小的一个家庭，生活一下子陷入困境。母亲在讲述这段往事时看不出有什么不悦，不过话语里给我的感受是二爷爷主持分家偏向小的，这可能是做长辈的通病，但母亲从没说过二爷爷半个不字。

我们这个五口之家日子到了最困难的时候，母亲回到娘家，外祖父母向他们这个唯一女儿伸出来援手。外祖父家开了间染坊，家境富裕，解了燃眉之急。俗话说“救急不救贫”，为了生计，父亲打过零工，贩过海货。不久，父亲拜外祖父为师，在外祖父的支持下开起了属于自己的染坊。当我朦胧记事时，我家的日子用今天的话说就是小康了。不过有个问题使我纳闷，我到别的人家玩，看到人家有大立橱、箱子、椅子，我家就只有一大一小两个旧木头箱子，心里有点寒酸的感觉。这个谜还是在我的大妈和别人的一次不经意的聊天时被我领悟了。原来母亲出嫁时娘家陪送了一套很体面的嫁妆，在父亲开办染坊时变卖成启动资金了，这件事母亲从未提起过，不难想象母亲也有她的隐痛。

父亲没进一天学校门，但他算不上文盲。我姥姥家那个庄没有学校，我的三舅在我们庄上读私塾就住在我们家里。他白天在校读书，晚上在家里做起二传手，教我父亲读书识字。父亲能读报纸，打算盘记账，还能随时局变化编一些顺口溜。父亲的染坊到一九四三年陷入困境，一种叫“时临布”的蓝色洋布充斥市场，父亲的染坊原本就是以蓝色为主调，业务量急剧萎缩，处在停业状态。为了生计，父亲另辟蹊径做起了小买卖，与朋友合伙开过“同心成的杂货铺”，铺子里一度设过牌局，印过自己的票券，不过因时局动荡，买卖清淡，时间不长就倒闭了。

在日本侵略者占领家乡的同时，党的地下工作者、八路军、游击队也深入到民间。敌人平日里窝在据点的岗楼里，隔三岔五地到村里搜索一遍，吓唬老百姓，弄点吃的。从一九四二年起，地下党组织安排父亲当村长，相振生是指导员，就相当于今天村党支部书记，两家一个共同之处在于都是“抗属”，就是家中有当八路军抗日的。这种家庭成了敌人抓捕的目标，直到抗战胜利的三四年里，父亲一年到头不轻易在家过夜，母亲也不敢在家常住，时常带着几个孩子打游击，夏天在村西头的沟里睡过，那时我们常常在村民兵大队部的西厢过夜，感觉那里最安全。抗战时期的村干部没有什么优待，他们的目标就是赶走日本强盗，不做亡国奴。他们甘冒生命危险，秘密地组织发动群众参军参战，为八路军筹办粮草，募集钱款购买枪支弹药。抗战胜利后，日照县人民政府县长刘鸿若授予父亲立功奖状。

父亲没进学校读过一天书，但他和母亲都很重视子女教育，不管儿子还是女儿或多或少都要读书，不想让子女做“睁眼瞎”。我十四岁就参加革命的大哥是定的娃娃亲，结婚后大嫂也被送到学校，由于有个上过“识字班”基础，用三年时间读完小学。当时就连我的四叔也看不惯，埋怨我父亲说，闺女孩子上学也就罢了，过了门的媳妇还去上学算怎么回事？事后证明父亲的眼光看得远一些。中华人民共和国成立后，大嫂因有个小学文化，随军后在上海被安排了工作。父亲在世咬着牙也让孩子读书，父亲病故后我大哥大嫂不忘父亲的嘱托，省吃俭用，供弟弟读书。二十世纪五六十年代，我家两个孩子考取了医学院本科。

在农村父亲算是个持家有方的人。父亲合伙开过油坊、麦芽糖坊，种过沙参、红麻等经济作物，用手摇织袜机办起家庭作坊。父亲是中共地下党多年的党员，战争年代出生入死，但他毕竟是个农民，到了和平年代，他走的路子依然是攒钱买地、再攒钱再买地、雇工这条老路。到农业合作化之前，我家已有十几亩土地，雇了一个长工、一个放牛的。父亲还有一种独特的投资办法，我家喂养的母牛生的牛犊秋后长大了，又连续在市场买了两个牛犊交给有养牛意愿但没有钱买的人家喂养，并归饲养户使役，三年后随市场作价出卖，喂养户优先并可优惠。是否双赢我不知道，父亲只字未提，从与三家良好的关系看他们不像是吃亏的，三年后他们都有了属于自己的牛。

父亲是党员和村干部，又以一个在部队当干部的儿子为荣，凡是上级布置的工作处处带头。一九五二年父亲带头成立了全村第一个农业生产合作社“前进农业生产合作社”，一九五五年初级社升格为高级社，父亲积攒一生的十几亩土地、一头牛、一头驴和农具统统归了集体。父亲没有给子女留财产，他自己也是两手空空地走了，但他留给子女一笔用之不竭的精神财富。

送母亲回家

一九六〇年十二月九日，年仅六十岁的母亲在上海第八人民医院因患急性肺炎过世。据大哥讲母亲气管不太好，每到冬天就咳嗽，这一次咳嗽比往常更严重，且面部浮肿。母亲似有不祥的预感，入院时将她保存多年的零星物件、家人的照片拿出来交给了大嫂保存。

母亲住院的事大哥大嫂没有告诉我，什么原因我也未从问过，如今大哥大嫂都已过世，凭分析一是母亲住院的结局远超出他们的想象，因为入院时母亲是在家人的陪同下自己走进去的；二是大哥怕耽误我功课，在母亲病重时，大哥先用加急电报告诉了他远在武汉的妹妹母亲病重速归。我们这个家庭对我的读书看得比什么都重要，五年前父亲住院时我到医院看望只待了一宿，父亲病故时我正在期末考试，是母亲坚持不让哥哥姐姐告诉我。

十二月十八日上午我接到大哥“母亲病重”的电报，下午四点多急急忙忙登上了青岛开往上海的中兴号客轮。买的是通仓，就是船底层空闲的货仓加一床棉垫子。夜间在海上遇到大风，船摆动得厉害，船舱里几乎站不住人，中途抛锚连云港外海。通铺没有取暖，没有棉被，好心的船员看我呕吐得爬不起来，主动把凭船票购买的那份盒饭给我送来，又不知从哪里找来一个棉门帘子给我盖上。第三天下午约六点，我走进了上海音乐学院的大门，大哥在门口用眼泪迎接了我，他已等候了多时。大哥说母亲的丧事已经办完，老人家临终最后的一句话是“想回山东”。母亲的灵柩现在已经在开往连云港的列车上，大哥让我赶快吃点东西，乘北上的快车到徐州转乘连云港的火车，明天一早在新浦站接母亲的灵柩，车票已经办好。大哥见我穿着单薄，临行时不知从哪里弄来一条干净的旧棉裤给我套到腿上。

十二月二十二日我在新浦站下车，从老家赶来的二哥在站门口迎接了我。在站台上找到了母亲的灵柩，很快办完手续，我们就地雇用了一辆地排车运送母亲的灵柩。车主五十来岁，中等个头，面容消瘦，体力单薄，讲好价钱，九十公里（一公里等于一千米）二百元送进家门。我和二哥跟随车护送母亲回家。那个年代肚子里缺食，身上乏力，加上路况不好，路上又飘起了纷纷扬扬的雪花，四十五公里路整整走了一天，到达赣榆县城天早已黑下来。车主坚持不住旅馆，当晚就在赣榆县文化馆的屋檐下歇息。文化馆就在公路旁的一片空地里，平房带前廊，没有院墙，没有人值班，没有灯火，一片漆黑。车主披了一件老羊皮大衣，坐在水泥地上，啃了几口从怀里掏出的黑窝窝头，倒下就睡。我一路汤水未进，干渴的嗓子冒火，和二哥朝西南方灯光走，找到一处茶水炉，二分钱买了一泥盆子水，两人喝了个足够。就地揽来几把杂草铺在地上，脱下两只鞋子枕在头下和衣就睡。雪花一阵阵随风飘进廊内，如果不是半宿两只脚冻得受不了，这一觉也许睡到天亮。幸亏大哥给的棉裤，把裤腿往下拉一拉，把脚包起来，再次冻醒估计已是下半夜。此时车主咳嗽几声，知道他也是被冻醒了。三人商量了一下，立刻上路，我跟车一路小跑，不一会工夫，身上暖和，额头冒汗了。天亮时雪停了，人也几乎走不动了，真是“人是铁饭是钢”。第二天的步伐沉重了，四十五公里走了个下半夜和大半天，母亲到家了。

我特别感激二嫂，家乡的老风俗“冷尸不进热宅”，二嫂全然不顾，在堂屋正间设立灵堂，供奉祭品守灵三日，供亲友祭拜，直至入土为安。母亲安息吧！

我的家乡相家楼巨变之一

一九三七年，我出生在山东半岛最东南角的日照市岚山区相家楼。可是从我记事起，压根就没见过什么楼，甚至全村除了三间庙宇是瓦房，再也找不出一栋瓦房。普通人家的房子是清一色麦秸苫的，仅仅是在房顶压上一溜用来防风的瓦，就连地主和富农或买卖人家房子也是麦秸为主，只是在前后房沿上方加几圈瓦，一般就是四五排，当地人把这种房子叫“罗汉衣子”。据说当地有个风俗，只有庙宇才能是全瓦房。一般人家的房子除了地基是石头，其他都是用黄土掺杂上少量麦糠夯成，只是在门窗四周也就是门窗垛子砌上一行砖，家境太差的门窗垛也是用土坯代替。

每到过年的时候，庄户人家也讲个新鲜，原本就是黄土夯成的墙壁，到了腊月初八这天，把新鲜黄土倒在大盆里，加上清水用木棍子一直搅拌，然后用黍秸扎成的扫帚蘸着上层的黄水，把烟熏火燎一年的锅屋（灶房）的墙壁粉刷一遍，就显得干净了许多。家乡的风俗房子不能开后窗，因为后面的人家怕前面的人家通过后窗窥探自家的隐私。房子的前窗也不大，每到夏天屋内闷热难耐，蚊子又多，从麦收开始，男人们纷纷挟起蓑衣或用麦秸扎起的帘子到打麦场上睡觉，顺便还可以到湾里洗个澡，不是遇到雨天一般不回家，直到秋收。对孩子们而言，这种日子过得很新奇，很快活。

村子里到处坑坑洼洼，几乎家家院子里都有个猪圈，有的还有个供水牛大小便用的“把牛汪”，一到夏天成了蚊蝇滋生地。多种传染病接踵而至，痢疾、疟疾、丝虫病、钩虫病、黑热病等，不分男女老幼几乎无例外地都被折磨过。那些老年人和本身抵抗力稍差的人，特别是幼小的孩子，由于生了病得不到治疗，往往被夺去了生命。

祖祖辈辈的人都是在这种恶劣环境和居住条件下熬过一生的，而就是改革开放后短短几十年，使古老的相家楼发生了翻天覆地的变化。家家住上宽敞明亮的大瓦房，吃上自来水，安上太阳能，用上液化气。街道全部是水泥硬化路面，安了路灯，两旁栽树种花，村里有保洁员，生活垃圾集中统一处理。前几年回去感到就是厕所不方便。从去年开始，沿用了千百年的臭茅坑填平了，全村统一改造成水冲厕所，污水集中做无害化处理，庄稼人过上了与城里人一样的日子。特别值得一提的是，世世代代徒有虚名的相家楼村今天真的有楼了。

老林沧桑

我的老家村南有条东西走向的河，河虽不大，但长年水流不断。河的南边有处林地，外村人称相家大林，因河的北面还有一处不大的“少亡林”，所以本村的人都把河南边的大林叫老林。

老林占地几百亩，是相氏家族的墓地，始于元朝，已有六七百年历史。记得小时候，林地里长满了又高又大的松树和柞树。林子东北角，有一棵几乎是躺在地上长的大松树，大家都叫它“爬爬松”。因它又粗又矮，小孩子常循着树干走来走去地玩耍。每年的秋天，特别是雨后，林子里长出好多好多的蘑菇。我常常随哥哥一大早就起床，一溜烟跑到老林。采来的蘑菇多了吃不了，就用线穿成串，挂在墙上晒干，等到过年吃。到了冬天，大柞树上成熟的橡子掉了满地，拣回家喂猪；遇上灾年，也有用来充饥的，我只吃过一次，涩的，不好吃。

老林里有好多用石头雕刻的文物，最显眼的是在一座最大的坟墓前，有一方霸下驼着的、顶端嵌着龙的石碑。直到今天，除个别字外，碑文仍清晰可见。墓的前方，矗立着比实体大许多的、用青石雕刻的文武大臣。右边立的是武将，手里握着利剑，左边站的是文官，手上拿着笏板。再往前是石马、石羊、石猴等。这些石雕曾被有关单位重视过，在二十世纪的五十年代初，林子的东北角入口处，立了一个木制的“山东省文物保护单位”的牌子。

相家大林在周围算是有点名声的，每到清明节前后，成群结队的男男女女，到林子里踏青游玩，就好比是现在的旅游。

老林的北头正中，住了一户陈姓人家，是专门看守林子的。陈家是外来流民，来到这里上无片瓦，下无立锥之地，村里为其提供住处，让其看护这片树林和墓地。陈家则靠收拾枯枝落叶、割草到集市上出卖为生。直到一九四七年，才搬到村里一处大房子里。

后来，林子被划成若干小片，分给了每家每户。有的人家，毫无保护林子的意识，反倒是把它当成摇钱树，隔三岔五伐几棵，好端端的碗口粗的松树，被劈开当烧柴卖。为了卖个好价，他们把黄泥搅成水，把鲜活的木柴放在黄泥水里蘸一下，木柴的新鲜面立马变黄，粗心人误把这种柴火当成干柴买去，但这个方法骗不了细心人。老林在煎熬中过了七八年，直到一九五五年。在痛心之余，人们又补栽了好多树，老林开始了复苏。

历经磨难的老林犹在，但已失去当年的风采，它像一个饱经风霜的老人，等待着人们的关怀和爱护。

土地流转和脱贫

近日回到老家日照市岚山区相家楼见证了农村土地流转的新鲜事。核心是立项，也就是向哪里流转的问题。能不能争取到项目，这要看村支部一班人马的决策和沟通能力。第一书记是组织派下来的，凭着他那股执着劲和广泛的人脉关系争取到了一个“芦笋种植”项目。二是土地的调整供给工作，这是一项好事多磨的“工夫活”。这次转让的土地初步确定五百亩（一亩合六百六十六点七平方米），但土地所有权即产权掌握在个人手里，愿不愿出让受到观念和利益的驱动。有的人明明知道种一亩地风调雨顺年景一年下来也就收入四五百元，而出让一亩每年风雨无阻的净收入是一千元，但真要把土地交出时就犹豫了，感觉把土地转让出去就像闺女出嫁，不如守在脸前心里踏实。有些农户村干部要反复做工作，晓之以理；另一种情况更复杂，不管村干部怎么动员，汤水不进，就是不出让，这就需要调整土地。和围城一样，想进去的与想出来的进行土地交换，工作更细更难做，为达到双方满意，干部往往要登门四五次。功夫不负有心人，截至三月十一日，近五百亩连片土地已全部签约落实，今年应付的租赁款已发放到农户手中，涉及田中有麦苗的每亩再加二百元。

这次土地流转开局良好，它适应了当前农村的新变化和新情况。如今的农民比城里人还忙，街上全然见不到蹲墙根晒太阳的，见不到打牌的，青年劳力不管是男是女几乎全部到市里打工，留在农地里的净是老年人。土地流转后没有土地的人优先安排就地打工，从事芦笋的种植管理工，每天能获得六七十元的工资，一把一清，算算比自己种地划得来。

值得一提的是，芦笋收获后的粗加工就设在村里，这又为村民提供了一次就业机会。书记给我细算了一笔账，他掐着指头嘴里念叨着几户尚未脱贫的名字，一亩地一千元，安排他们从事力所能及的工作，一年能收入多少。他脸上露出笑容，嘴角动了几下，胸有成竹地说，全村十二家贫困户今年怎么的也能脱贫了。

日照中学首次用上了电器

不管生活在城里还是在偏远农村，我们可以说是基本实现电气化了。

你看家家有电视机、电冰箱、洗衣机、电饭煲、电话、电热水器等，离开电，简直没法生活。可谁能想到，五十多年前绝大多数县城没有电，我第一次看到并用上电灯是一九五五年我在胶州读高中。日照中学，即今天的日照一中在一九五五年竟然破天荒地用上了电器。

那年七月，日照中学第二级学生毕业，这也是日照中学从涛雒迁到日照城后的第一届毕业生。一天下午，全校共十四个班的学生和教职工，共近八百人集合到了操场上举行毕业典礼，大会场面显得很隆重。校长等校领导坐在主席台上，主席台的桌面上覆盖着白布，正中放着一个用红绸子包着拳头大小，还连着一条线的东西，谁也猜不透那是什么东西，好奇的同学交头接耳。突然，那个怪物哇哇地叫了起来，把台下不少同学吓了一跳。纷纷前后左右看，是什么响的？哦……原来是“电”响的。这是日照中学第一次用“电”说话。这时，看到一个工友，在骄阳下头戴一顶草帽，骑在一辆自行车上面，上身前倾，脖子上搭着一条白毛巾，不时擦下脸上的汗水，两只脚快速蹬着。一根电线，从车子上扯到主席台上的那个叫不出名字、后来有人说叫“麦克风”的玩意上。这叫“人力发电”。这是我有生以来第一次看到电器，也是日照中学的第一次。

难忘故乡的那两顿饭

人的情感真是说不清道不明，越是上了年纪，越是怀念家乡。这不，前几天又回去了。一天中午，我走进一家不大的餐馆，这里有我爱吃的辣炒白虾，喝个小酒，再卷个煎饼，香喷喷、辣乎乎，那才叫美嘞。因为是周日，也许是我来得太早，地方原本不大的餐厅就我一个人。小老板三十多岁，又收费又兼服务员，见我这老头独自要了两个菜，两瓶青岛啤酒，可能感到有些好奇，主动凑过来和我说话。这正合我意，我斟了满满一杯递给他。“来，小伙子，陪我喝一杯。”开始他还有点腼腆，我说：“来吧甭客气，我也是日照人。”“好。”小伙一下子变得很痛快。你来我往推起杯来，两瓶酒不知不觉进肚了。小伙高兴，又拿来两瓶。“大叔，今天这酒钱算我的。”我说：“小伙，谢谢，这烟酒不分家，用不着客气。”酒越喝话越多，突然我口里嘎嘣一声，对方也听到了，他问：“沙子?”我还没来得及说话，一张口，听到有东西掉在地上的声音。我一弯腰从地上捡起一豆粒大的沙子，看来是小海米拌黄瓜这盘菜里的。那小老板的脸唰地红啦，连连道歉，说这小海米没洗。我说，没关系没关系，这小海米就这么个吃法，一洗就不鲜啦。

小老板死活就是不收我这顿酒菜钱，一直把我送出门外还说："大叔，真不好意思，请以后还过来。"是啊，冲着这小老板的热情和诚实，我还会来的。

这顿饭，一下子勾起我对五十多年前一顿饭的回忆。那是一九六一年一月的寒假，我和韩玉湘、李宗珂同学从青岛小港码头乘船回家。经过五六个小时的颠簸，约半夜时分到达石臼所。尽管船不大，也没法到岸边停靠。因为那时石臼有港无码头，船只得在几里外的海面上停下。然后用一个"大铁锅"（当地对驳船的称呼）一趟一趟地把乘客接到地面。我们走进一家旅馆，被安排在一个吊铺上。这里没有铺盖，也没有一点点可以御寒的东西，只有一张铺在稻草上的冰冷的苇席。那个年代，衣着都单薄，冻坏了，唯一的办法就是抱团取暖，三个人背贴着背坐了半宿。

天亮了，这饥寒交迫的人走进一供销社饭店，唯一可吃的就是煮地瓜干。我们三人要了一斤粮票的地瓜干。一会儿，一女服务员端上三大黑碗，看起来像是前一天晚上剩的，早上又加了热，越发显得黑乎乎了。人，饿急了什么都觉得好吃，就这等现在连猪都不吃的东西，那时竟成美食，没有咸菜，就着白水吃起来又香又甜。吃着吃着，我突然发现我筷子上夹的不是地瓜干，是一片牛粪。我招招手，那服务员大姐过来看了看，证实是块牛粪，悄悄对我说："别吱声，我给你换换。"一会儿换回来一碗，并说"多给了你一些"，意思很明白，以多给几块地瓜干表示了她的歉意，平息我的不满。

现在回想这事，干牛粪本应是很轻的，如果这地瓜干在下锅之前洗一洗，那牛粪准会飘起来，就不会到食客的碗里，可见当时没经水洗就直接下了锅。唉，那个时候顾不上那么多了，管它牛粪不牛粪，我肚子得到了满足，也就忘记了恶心，留下了终生难忘的回忆。

六十多年前的股票是什么样？

下方的这张股票是二十世纪五十年代初，人民政府在农村组织广大基层群众发展生产，成立金融合作社的历史见证。

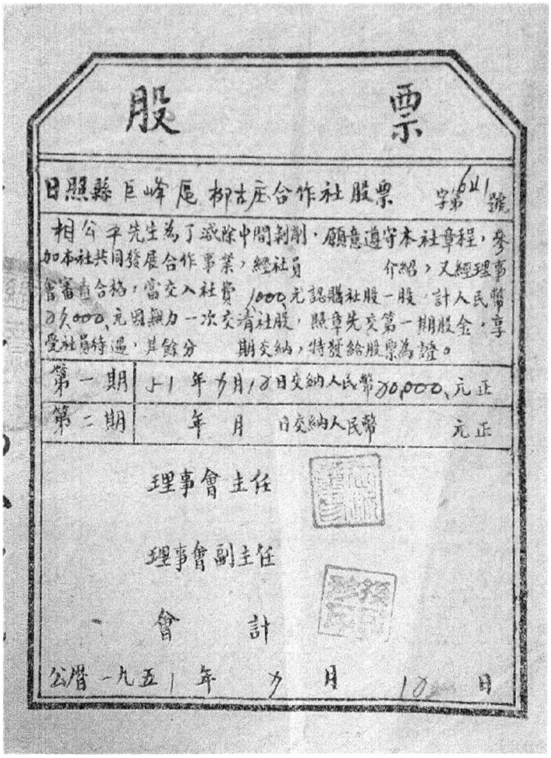
股　　票

日照縣巨峰區柳古庄合作社股票　字第611號

相公平先生為了滅除中間剝削，願意遵守本社章程，參加本社共同發展合作事業，經社員　介紹，又經理事會審查合格，當交入社費1000元認購社股一股，計人民幣2×000元因無力一次交清社股，照章先交第一期股金，享受社員待遇，其餘分　期交納，特發給股票為證。

第一期	51年5月18日交納人民幣20,000元正
第二期	年　月　日交納人民幣　元正

理事會主任

理事會副主任

會計

公曆一九五1年5月18日

股票的名字叫“日照县巨峰区柳古庄合作社股票　字第641号”。股票的内容是：

相公平先生为了减除中间剥削，愿意遵守本社章程，参加本社共同发展合作事业，经社员　　介绍，又经理事会审查合格，当交入社费1000元，认购社股一股，计人民币27,000元。因无力一次交清社股，照章先交第一期股金，享受社员待遇，其余分　　期交纳，特发给股票为证。

第一期（一九）五一年七月十二日交人民币20,000元正。

下面是理事会主任和会计盖章。时间是公历一九五一年七月十二日。

六十多年前的这张合作社股票是一张什么性质的股票呢？当时持股票的家父早已作古，问过几个老人，都说没见过或没听说过。凭我的记忆和分析，这不像是供销合作社股票，而是一张金融性质的合作社股票。也许是农村信用社的前身。根据有两条，一是股票内容中有一句“为了减除中间剥削……共同发展合作事业”。这里面尤为重要的是减除中间剥削，说明与借贷有关；另一个是一九五二年我在日照中学读书时，家父曾到合作社贷款人民币十元（新版人民币）。那时货币奇缺，只有社员才能贷出款来，在我的记忆中这也是唯一的一次贷款，从未听过还有股东分红这一说。

家父一九五六年一月因病去世，这个合作社也不知是哪一年消失还是演变成别的什么社，故人留下的股票只能当作纪念而已。

解读日照方言（土语）五十条

网名叫石头的同乡给我发来微信，分享文章《日照方言（土语）晾一晾》（资料来自日照网）。里面列举了五十二条日照方言，看过这些久违的方言土语，我感到很亲切，仿佛是回到了故乡，回到了童年。但其中有一些感到似相识又陌生，毕竟离开故乡整整六十个年头了。有几条不解的我通过电话询问在烟台的几个年轻同乡，他们似乎也说不明白，这也不奇怪，因为他们都是读书人，接受教育较好，从小学就学讲普通话，尽管不那么标准，却全然没有一丝土话。我想随着全民教育程度的提高，广播电视的普及和人口的频繁流动等因素，语言环境发生了变化，年轻人说土话的机会自然越来越少，土话说不定什么时候也可能消失了。

土话也是一种乡土文化的载体，小时候随时都能听到，但从未在纸面上见到。我择这五十二条土语中的大部分，并添加了几条，根据我的记忆逐一解读，供对日照土话有兴趣的朋友们闲时逗逗乐，不当之处也请给予纠正。

(1) 黏珠。指的是用大米或小米煮的黏稠的厚墩墩的稀饭。同样是大米或小米煮的，很稀的叫黏珠汤。

（2）补嘎。指的是鸽子。

（3）解留龟。蝉的幼虫，现在叫知了猴。

（4）爬方菇。这是方瓜的一个品种，有些地方叫掉瓜，这种瓜多是种在房前屋后，瓜蔓很长，往往爬到墙头屋顶或树上。

（5）盒子社。专指二十世纪五十年代直至改革开放前遍布乡间的供销合作社。

（6）脚扎车。就是自行车。

（7）行好的。是突然、意外的。

（8）余里挂外。多余的，不利不索的。

（9）嘎啦。指的是海里出产的各种蛤类。

（10）作业。就是胡作、作孽的意思。

（11）故永。指的是人躺着或坐着，身子或屁股不停地挪动或扭动，但幅度不大。

（12）别怪我。警告、提示对方在躯体上别接触我、别动我。

（13）麻虎。指的是狼。

（14）害卡了。即缺水了，干渴了。

（15）站把子。用高粱秆扎制的用来扫地的笤帚。

（16）饭具。用高粱穗扎制的专用来刷锅刷碗的，即炊具。

（17）眼了盖子。即人的前额。

（18）扎古扎古。是专指给病人治病，如同当今的治疗。

（19）烦弃。不叫人喜欢，让人讨厌，如，这人真烦弃人。

（20）笤帚。用黍子穗扎制的专用来扫床的笤帚。日照人把扫地和扫床分得比较清楚，有些地方把扫地的和扫床的都叫笤帚。

（21）赏银。即正中午。

（22）当当瓤。即正当中、正中间。

（23）识字班。抗日战争和解放战争期间，根据地组织青年女性利用中午或晚上学文化，读书识字，于是就把青年女性（主要指没结婚的姑娘）叫识字班，日照临沂一带至今还沿用。

(24) 喜焦人。这是对人的长相、言行、举止的赞美，就是很招人喜欢。

(25) 扎视。带有贬义，指某人好显摆张扬或吹嘘自己，如某人手中有些积蓄，并不算很富裕，但勉强买上车，有人会说：“你看把他扎视的。”

(26) 哈撒。抖擞的意思。也指人的行为不稳重，如，你看他哈哈撒撒的。

(27) 方谷老夜。指水或别的物体的温度不冷不热，挺合适。

(28) 森森。指想一想或考虑考虑，有时还带点预料、想象的意思，如，我森森你今年就大学毕业了。

(29) 当木住。指差不多有可能或估计的意思。

(30) 腿磨骨。就是膝关节，土语也叫格拉拜。

(31) 很因。就是夜间也叫晚上，如，他昨天打了一很因（晚上）麻将。

(32) 乔巴。指精神病人和智力低下的人。

(33) 个个豆子。就是蝌蚪，有时也指个子很矮的人，如，你看他长得像个个豆子。

(34) 踢蹬了。用得很广，如事情办坏了、生意赔了等，小孩子夭折也叫孩子踢蹬了。

(35) 叶试了。多指吃东西噎着，有时也指话很难听，如，他一句话把人叶试了。

(36) 物了毛子。即毛毛细雨。

(37) 无拉嘎。没能力、没道道、不重要等，如，他那人的水平无拉嘎。

(38) 横拉。有意、主动地把东西扔了。

(39) 瞎了。无意地丢了东西、被偷了。

(40) 一霎霎。是一会儿，不多会儿的意思。

(41) 不楞个。指没有时间，没有工夫。

(42) 不见现。水平或质量差得很，如，我这个车比你的车不见现。

(43) 半户头。专指寡妇，如，老张娶了个半户头。

(44) 当门。房间里冲着门的地方。

(45) 阿砸。晦气倒霉的意思。

(46) 登磨子。即豆末子、小豆腐。

(47) 米勒沟子。就是泥鳅。

(48) 香音果子。即油条。

(49) 箍之子。指饺子。饺子叫包子，包子叫撅子。

(50) 奈（舌尖音并轻微卷舌）。泛指地方、摊位、场所，城乡普遍用，如，这个奈风景挺好。

日照地处鲁东南黄海边上，改革开放前仅是个偏远的小县城，交通很不方便，信息不畅，方言土语较多，且有相当数量的人，对汉语拼音中的三个声母 j、q、x 发音时舌头顶在上颚的前面，往往把鸡、旗、希，鞋和血几个字读得不正确。外地人笑话日照人，说日照人说话“土舌子”。中华人民共和国成立后，由于教育的普及、普通话的推广以及大量外来人口的涌入，语言环境发生了巨大变化，不仅方言土语少了，j、q、x 的发音与普通话接轨了，再也没有人拿“杀了一只鸡，喷了一身血”和日照人开玩笑了，扣在日照人头上的那顶“土舌子”的帽子也彻底扔掉了。

小时候的凉粉咋就那么好吃？

刮了两天的南风，把气温骤然升了起来，也把人们一下子吹进了夏天。卖冷饮的小摊生意火了，摊主咧着嘴忙个不停。一个招牌写着西安凉粉的小摊前围坐了几个食客，看看他们呼噜噜吃的那股劲，潜伏在肚子里许久的那条馋虫也就不停地鼓动起来。小时候难得吃上一次凉粉的那种爽快感油然涌上舌尖，我忍不住也坐下来，还特意让老板娘多加点辣椒油和黄瓜丝。印象中西安的凉粉是有名的小吃，像兰州拉面一样都是响当当的品牌。老人吃凉粉无需细嚼，但为了找回舌尖上那份感觉，我还是来了个慢咽。一碗凉粉下肚，果腹感倒是有了，就是没能找回小时吃过的那碗并不地道的凉粉的感觉，不免有点小小的失望。

旧时乡下孩子不知道人世间还有什么冰棍、冰糕、冰激凌等冷饮美食，唯一期盼的冷食就是难得吃上的凉粉。凉粉用刚刚收的豌豆做成，有一丝淡淡的墨绿色。一到麦收后，卖凉粉的人挑着担子走街串巷叫卖，都是自家做自己销的小本生意。担子一头是个木质的水桶，凉粉泡在水桶里，一头是个篮子，里面放些碗筷、黄瓜丝和油盐酱醋。买主来了，那卖凉粉的人就把手伸进水里捞出一块，托在手掌上，用一把竹片制成的、像医院里的压舌板模样的刀子，切成条条，放进碗里，浇上些酱油和醋，撒上些黄瓜丝，最后点上几滴香油。小孩子眼巴巴地看他调制着，嘴里早就流出了口水。旧时乡下不是每个孩子都能吃上这么一碗凉粉的，条件好一点的家庭也多是男孩子的特权，女孩子少有这种待遇。那凉粉一到嘴里凉凉的，滑滑的，加上那浓浓的香油和醋的气味，留在记忆中的就是真美真爽！

是这些年来品尝的美食多了，舌头的敏感性减退，还是人老了味觉迟钝了，为什么就吃不出记忆中那碗凉粉又凉又滑的感觉？难道小时候的那碗凉粉真的比这出了名的西安凉粉还好吃吗？

“土地爷爷”也讲“阿Q精神”

五十多年前的一段往事，今天突然在脑子里显现了一下，心里泛起一股说不出的滋味。那是一九六〇年十二月三十一日的事。

在饥寒交迫的日子里安葬了母亲，我和弟弟急于返回各自的学校。弟弟要步行六十多里，返回日照中学；我到日照后再赶往石臼所码头乘船，还有近二十里路，因此，这一天我要步行九十多里。隆冬天短，太阳似乎躲得很远很远，一束束阳光透过乌蒙蒙的浮云，越发显得清冷暗淡。田野披着一层薄薄白雪，路两边不时露出一座座刚刚用黄土堆起的土堆，这里又死人了。

中午时分，我们走到一处叫黄沟的山岭上，见前不远处路旁有一座土地庙，心想这可是难得的避风歇脚的好地方，于是便加快了脚步。土地庙有一人多高，完全用石头砌成。坐在土地爷爷石像面前，风小了许多，似有进了家的感觉。有意思的是，土地庙的门上贴了一副大红对联，看来是迎接新年刚贴上的。上联是无僧风扫地，下联是缺烛月照明，横批是知足常乐。看过这对联，兄弟俩会意地笑了。这人间的“阿Q精神”也被“土地爷爷”拿来活学活用了。

肚子咕噜了一阵又一阵，兄弟俩从背包里掏出随身带的煎饼，是用地瓜蔓子研碎后摊成的，捧在手上零零碎碎拿不成个，没有水喝，干巴巴的煎饼在嘴里打着转，全凭频繁做着吞咽动作，分泌些唾液往下咽。

转眼过去五十多年了，兄弟俩由当年的穷学生变成了七八十岁的退休老人，每当议论起那个土地庙和那副对联时，就免不了咧着嘴笑。赶上了改革开放好时代，有个好身体，退休金年年长，天天过大年似的，想吃什么有什么，还有什么不知足的？常乐吧！

我敬佩的统金大哥

一九四四年夏末秋初，我当了八路军的大哥相见秘密回到家里，他的任务是动员青年参加八路军。这次共动员了两名，其中一名是我家斜对门的邻居相统标。统标是家里的第二个男孩，我叫他二哥。他个子不高，但为人机灵，说起话来心直口快，为人友善，当然他的胆子小也是左邻右舍公认的。

相统标参加八路军没过多久的一天上午，有两名八路军战士走进我家，找到我时任村长的父亲。父亲赶紧烧水给二位沏茶，此时村指导员相振生也赶到了。两位八路军战士态度和蔼地说，他们是来动员相统标归队的。他们没有用逃兵或开小差这些刺耳的话语，只是说相统标和大多数新兵一样，胆子小，在板泉崖一次战斗后擅自离开队伍，可能是回家了，他们是来劝他归队的，希望村干部协助做做劝说工作。

大白天来了两个八路的消息不胫而走，统标哥更是听到风声，早就趴到床底下了。众人好歹说服他从床底爬出来，可他死活不愿意归队。这是敌占区不可久留，日本鬼子随时会下山进村。眼看天就快黑了，两名八路军战士情绪也不那么冷静了。在这僵持不下的紧要关头，他的哥哥相统金毅然决然地站出来，愿意替弟弟归队。统金大哥这年虚岁三十，已经是两个孩子的父亲，女儿五岁，儿子出生还不足半年。

统金大哥大字不识一个，自打当了八路军后一两年音信全无。听我家大哥相见说，统金大哥因年龄偏大，在部队一直做后勤事务。有一次还被派到涛雒从民间收购些枪支弹药，被一个认识他的丁姓伪军发现，好在这小子良心还没丧尽，一把把他拉到一边说话，打个马虎眼让他脱离了险境。

一九四四年入伍到一九五四年他从福建前线复员还乡，整整十年，家里发生了翻天覆地的变化，父母双双过世，他那可怜的妻子早在他们匆匆泪别的第三年就暴病撒手人寰，撇下了两个不懂事的孩子，当时儿子刚过两岁生日。今天早上在电话里与统金大哥的儿子相振庆说起他娘是怎么死的，他说他娘突然肚子疼，可能是阑尾炎。那个年代他家的日子过得很苦，春天常常吃些草根树皮，他娘落下个“心痛病”，就是现在说的胃溃疡，缺医无药，有病就硬抗。统金家大嫂的暴病死亡以及其后撇下两个没娘孩子的悲惨景象深深刺痛我的心，终生难忘。事情过去快八十年了，我作为一名医生回忆起统金家大嫂的死因应是急性胃穿孔。八月十五那天的晚饭，普通人家再怎么贫穷也要千方百计做点好吃的，这天他们家吃的饺子。那天晚上皓月当空，晚饭过后统金家大嫂到我家，就坐在堂屋的门栈子与我母亲聊天，期间大嫂口渴，那天我家吃的是捞米饭，大嫂喝了一碗饮汤，估计到晚上八点来钟回家。

第二天天还没亮，听到对门统标二哥在家里号啕大哭，细细听来是大嫂暴病死了，真是晴天霹雳！

还是今天这次电话，我弄明白了一九五四年秋天三十九岁的统金大哥复员还乡再婚成家，生下两个儿子。晚年老伴先他而去。一九八八年一个晚上，他从床上滑下，摔了一跤，从此卧床不起，靠儿女伺候。一天早上，儿子给他送饭，意外发现他已经停止呼吸了，享年七十三岁。

缤纷的岁月

一封五十多年前的高考录取通知书

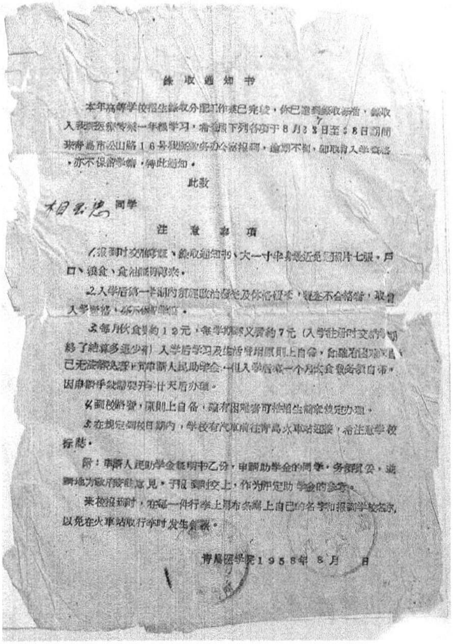

録取通知书

本年高等学校招生録取分配工作業已完竣，你已達到録取标准，録取入我院[illegible]专業一年級学习，希[illegible]照下列各項于8月[illegible]日至[illegible]8日期間来青島市[illegible]山路16号我院[illegible]办公室报到，逾期不到，即取消入学資格，亦不保留学籍，特此通知。

此致

相云忠 同学

注 意 事 項

1.报到时交[illegible]、録取通知书、大一寸半身[illegible]照片七張，戶口、粮食、[illegible]。

2.入学后第一[illegible]內[illegible]及体格[illegible]，[illegible]不合格者，取消入学資格，[illegible]。

3.每月伙食費約12元，每学期讲义費約7元（入学報到时交納[illegible]）入学后学习及生活費用原則上自备，如確有困难[illegible]已无法解决者，可申請人民助学金，但入学后第一个月伙食費务須自带，因申請手續需要[illegible]廿天后办理。

4.到校路費，原則上自备，確有困难者可按招生简章規定办理。

5.在規定到校日期內，学校有汽車前往青島火車站迎接，希注意学校标志。

附：申請人民助学金証明书乙份，申請助学金的同学，务須[illegible]，並[illegible]地方政府[illegible]意見，于报到时交上，作为評定助学金的参考。

来校报到时，在每一件行李上用布条寫上自己的名字和报到学校名称，以免在火車站取行李时发生錯誤。

青島医学院 1958年 8月 日

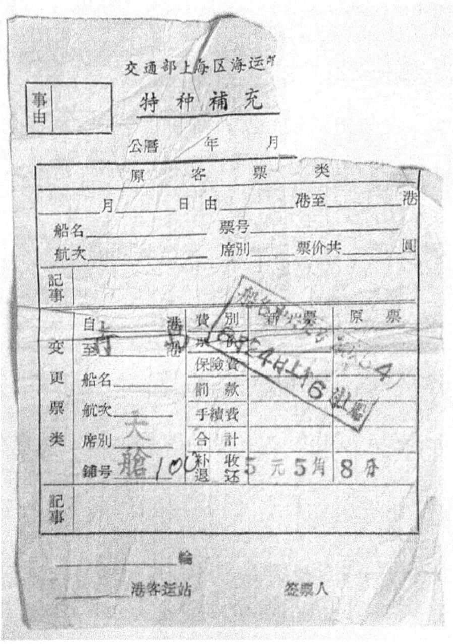

交通部上海区海运[illegible]

事由 特种補充

公曆 年 月

原客票类			
月 日由 港至 港			
船名		票号	
航次		席別	票价共 圓
記事			

変更票类		費別	新票	原票
自	上 港	票价		
至	青 港	保險費		
船名		罰款		
航次		手續費		
席別	大舱	合計		
鋪号	100	补退 收 还	5元5角8分	
記事				

輪

港客运站 签票人

上图是一封五十多年前的录取通知书和一张船票，我就凭这份通知书走进了大学的殿堂。船票是我入学时用的，上面文字清晰可见，这是一九五八年八月二十四日由上海至青岛的票。转眼半个多世纪过去了，可当时的情景犹在眼前。

一九五八年的高考，山东只设两个考场，一个在济南，另一个在青岛。时间是当年的七月十七、十八、十九三天。七月十六日下午，我的班主任傅圣弼老师亲自把我们带到考点——山东大学。当时山东大学还在青岛，就是现在中国海洋大学校址。我们住在校内一个大房子临时搭起的通铺上，麦秆草上面铺了崭新的芦苇席子。其他卧具都是自带。像我这样离家很远的，都是全部家当一起带上。由于是参加高考，又是第一次到青岛，免不了有些兴奋。那时我的同学，都是些农家子弟，没听说有谁见过大学。因为对于大学的认识比较模糊，不像现在的学生对大学知道得那么多，期望那么高，因而也就没有现在考生的那种焦虑和压力。当天晚饭是白面馒头、五花肉炖土豆和芸豆，一天三顿窝窝头熬出来的我，遇上这等美食，狼吞虎咽，饱餐一顿，全然忘记了是来考试的。

回想当年的试题，比现在的高考试题要浅显许多。那年高考分文、理、工三类。我考的是医，属理科。考试科目有文学汉语、外语、政治、物理、化学、达尔文主义基础六门，不考数学。第一场是文学、汉语合在一起考（那时文学和汉语是两门平行的功课），作文题是《记一件激动人心的事》。还记得有默写杜甫的“暮投石壕村”。七月中旬是一年中最热的三伏天，考场没有空调，没有电风扇，卷子答完了，也被汗水浸湿了。

这年的暑期我是在上海度过的。八月二十一日下午，我收到了通知书。时间很紧，限定八月二十七、二十八日两天报到，逾期取消入学资格。上高中时的那套铺盖卷洗了一遍又背起来，八月二十四日下午我登上了中兴九号轮船。入学后，听别人传说，这船原本是系里某某同学家的。我的票是大舱一百号，所谓大舱，就是船底层货舱，每人一张凉席子。我自带的一套铺盖卷，立马派上了用场，除了闷热，和三等、四等差别不大，也能躺着。经过二十六个小时的航行，二十五日晚上八点多到达青岛。票价五元五角八分，今天看，这钱只能喝碗豆浆，吃一根油条。

五十多年前的一张火车票

下图是一张五十多年前的由上海至新海连的普通火车票。新海连，就是现在的连云港市，当时由新浦、海州和连云港组成。

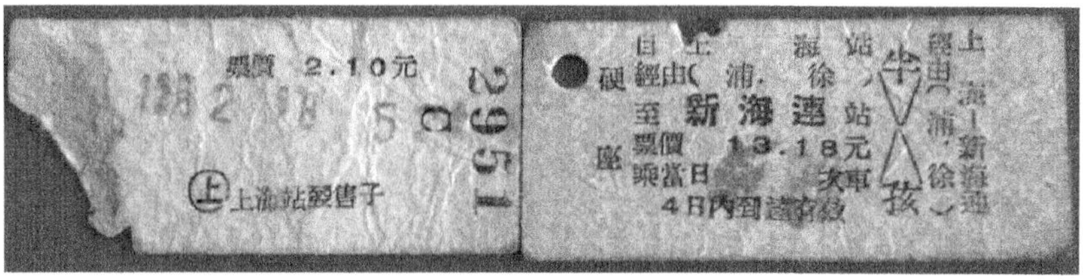

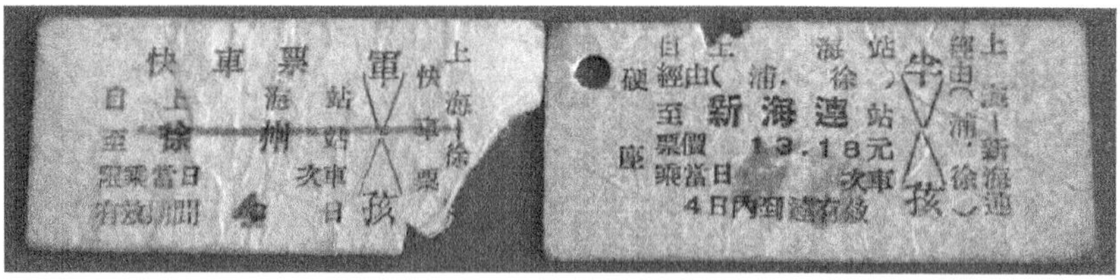

一九六〇年十二月，因母亲病故，我必须在二十二日赶回老家。当时最快，也是唯一可选的办法就是每天一趟的上海至新海连的普通列车。当我到了上海火车站，这趟列车已发出半个小时。一位售票员看到我那副着急样子，热情地说，有一趟去西宁的快车，马上就要发车了，他建议我买一张去新海连的通票，再买一张上海至徐州的快车票到徐州转车。我谢过后照办。约半夜时分，我在徐州下车。当时正是最难熬的年头，候车室里的暖气片子一副没吃饱的样子，室内的温度比起外面来也高不了多少。处在悲痛中的我，肚子里缺食，又加衣着单薄，身上瑟瑟发抖。大约熬了一个小时，我终于坐上了直奔新海连的火车，暖和多了，真有从雪地里爬上热炕头的感觉。第二天早上七点多，我在新浦站下车。

说说这张通票吧。从票面看，与现在的车票没什么不同，只是票面的正反两面都有一个红章，这是列车员盖上的。正面的两个字是“晚餐”，反面的两个字是“早饭”。在那个年代，旅客在火车上，凭车票可买不收粮票的饭，为防旅客重复购买，列车员每发一份饭，就在票上盖一个章。所谓晚餐，就是一碗米饭，上面浇上萝卜做的汤菜，有两块指头肚大的肉；早饭是一个巴掌大的面包。说起价格不算贵，都是一毛。吃下一份，不饱也饿不坏。吃饭盖章这个法，不能埋怨列车员小气。那个年代，人们普遍有个吃饭时肚子饱了、眼不饱的毛病，不盖章，没准能吃个五份六份，弄不好得个胃穿孔，也不是不可能的。从这个层面看，客观上，这一做法对旅客还起到一定的保护作用。

今天的连云港，是欧亚大陆桥的桥头堡，变化大了。年前我从日照老家驱车，沿沈海高速南行，说话间不觉就到了。问起去上海的走法，当地人热情地说，朝正南，一路高速，五个来小时吧。

晒晒二十世纪五十年代的部分物价

闲来无聊，翻翻学生时代的日记，当时的物价引起了我的兴趣。因那时住校读书，家里每月给几块钱是有数的，我花起来自然要仔细，并做了记录。就说一九五五年吧，那时我在胶县中学高中部就读。这是全胶州专署十二个县中唯一的高中班。学校离家约四百多里，每年只在寒暑假回家。家里每月汇十块钱，缴伙食费六块是大头。剩下的四块作为书本、笔墨和假期回家的路费等。家里的十块钱是这样来的：卖小麦每斤八分，花生米每斤一毛二分，红麻一毛。我家属于中农，勉强可以支撑。后来农村成立了高级社，土地的优势不在了，这十块钱是大哥每月从上海给我寄来的。看看当时的记录：理发每次一毛，肥皂半条八分，进澡堂洗一次澡一毛，学校集体组织看电影每次五分。当时也有嘴馋的时候，在胶县汽车站西侧一小饭店里，吃一只红烧猪蹄（那时不知分前蹄还是后蹄）九分。

直到一九五九年秋天，这个价格基本没有多大变化。一九五八年我在青岛读书，生活费每月十二元。顿顿有鱼有肉，大米白面，感到从中学到大学，在生活上就像地下天上。当时看一场电影，中山路的新闻电影院和新中国电影院属甲级影院，一毛；凭学生证，到西镇的金城（属丙级）六分；市政府前的金星（属乙级）八分。在校内理发八分，校外是一毛。

我并非留恋那时的物价，因为物价也是时代的产物。当时的物价再低，人们吃的用的都不能与今天相比。读中学时，没见到有哪一位老师拥有一辆自行车；在大学里，少数老师有一辆自行车，可未曾有哪一位老师有一辆自己的小轿车。

忆五十多年前的一次麦收

昨天，看到电视里报道，我国南方某地麦收已经开始，我脑子里涌现了五十多年前一次麦收的情景。

五十多年前，也就是一九六〇年六月中旬的一天，某日报的头版、套红、通栏大标题，《六十年代第一个丰收年开镰啦》。这一振奋人心的大好消息，着实让我们这些肚子里时常咕咕叫的大学生们为之一振，心里充满了无限的希望和期待。

为防止天气突变，确保快要到口的麦子颗粒归仓，学校召开动员大会，院党委副书记封德光传达市领导指示，号召师生员工立刻行动起来，下乡帮助农村抢收小麦。

我和几个同学被派到市辖的某县，然后又被县里的干部领到了一个劳动力最缺乏的大队。这里见不到金黄色的滚滚麦浪，看到的是稀稀拉拉的行间里长满杂草的麦田。麦秆矮，视野宽，露出了一座座覆着新土的坟墓。人的生命是很脆弱的，仅仅是吃不饱饿肚子就扛不住了。勉强活下来的人，外表看起来还行，但卷起裤腿，用拇指在踝关节以上膝关节以下稍微用力按一下，立马就是一个接一个坑，医学上称之为“营养不良性水肿病”。有了这种病的人，走起路来腿都拉不动，干起活来有气无力。县里了解情况，派了一台马拉收割机，帮助当地社员抢收。

那时，我知道苏联有康拜因（联合收割机），但未曾见过。看到眼前这个家伙，就很新奇了。我牵着马，在前面走，收割机在后面忙着翻滚。没想到，由于麦秆长得太矮，或许那机器设计上就有问题，收割机翻来滚去忙个不停，只能把那些个头高的小麦撸下来，有二三成个头矮的就漏网了。不得已还得人蹲在地上，用镰刀复收一遍。

一周过去了，我怀着复杂的心情，拖着疲惫的躯体回到学校。抓起当天的某日报，我看到了某县小麦大丰收的新闻报道。

回味杨好朋的送别宴

五十年前，也就是一九六一年的春天，我和王山诚同学随山东省卫生厅组织的医疗队，到了德州地区临邑县。

我们两人被派到了泮桥公社大吕家卫生所。这个所共有三个人：吕医生五十五六岁了，是中医；杨好朋医生，男，二十八九岁；还有一个二十一二岁的女医生，姓位。这后两位，看来中西医都有一定基础，不仅能把脉开中药，还会做肌肉静脉注射。

卫生所在一个小院里，三间正房，两间作诊室，西间当药房。药房里面有一个中药柜子和一张条桌。桌子上面摆了少量的中成药，多为消化系统用的，如饱和丸、木香顺气丸。西药有黄连素、胃舒平、阿托品等。有几种针剂，多为止痛类。治病主要还靠中草药。

那个年代，没见高血压、高血脂、糖尿病等现在流行的“富贵病”，主要是胃溃疡、胃炎和水肿、“干瘦”等“穷病”。我和王山诚负责这个片区的巡回医疗，出诊箱里也就是几种治疗腹痛、腹泻和消化不良的药。白天到各村巡诊，晚上就睡在外间的诊室里。每人一扇门板，用两条凳子支起来就是床，铺盖是自带的被褥。吃饭自炊，一天三顿煮地瓜干就着咸萝卜疙瘩，隔三岔五也到公社食堂买些窝窝头。那是用玉米面和花生皮，或是玉米面和棉籽做的，咀嚼在嘴里自己能听到嘶啦的声音。由于棉花种子外皮的棉絮没处理干净，吃过后，牙缝里就塞满了棉絮，抠都抠不出来。地瓜干不够吃时，也吃过苜蓿草。这种草原本是喂牛的，此时成了好东西，既能填饱肚子，又提供了丰富的维生素、纤维素，口感也不错。

有一天晚饭基本是断粮了，我跟老王说："天无绝人之路，咱挖野菜去。"两人几乎是摸着黑，到村子南面的麦地里挖了些荠荠菜，加上少量玉米面，熬成了粥，把肚子撑得鼓鼓的，度过了这一天。当时人们吃了上顿没下顿也是常态化了，所以也没感到怎么艰苦，能填饱肚子，别饿死就是福！不过，这一夜我过得并不轻松。荠荠菜中药名叫小蓟，具有止血、凉血等功能，拿来当饭吃还是第一次，确实不适应。是吃多了，还是荠荠菜的药物作用，一时弄不明白，反正肚子胀了一夜。

三个月就要熬过了。临行前，杨好朋医生把我和王山诚俩人请到家里为我们送行。蒜薹炒鸡蛋一大盘子，这在当时比葱爆海参还难得，一个盐水瓶子里装了大半瓶子白酒，吃的是棉花籽剥掉外皮，用里面那棉籽仁碾成面和着玉米面做的窝窝头，看起来金灿灿的，好吃极啦！不用说，我俩也没客气，酒足饭饱，这难得的美食令我终生难忘。

整整五十年过去，每当回味起那顿美餐，就想起了杨好朋医生，一股热流就涌上心口。杨大夫，感谢你的送别宴。我已七十有五，估计你快八十岁吧？夜深了，我思念你，保重，祝你健康长寿……

有趣的增量法

二十世纪五十年代末至六十年代初，我正在青岛医学院读书，因为粮食供应遇到了困难，政府调整了供应办法，原本大学生每月三十三斤的口粮定量被压缩到了三十斤。一九六一年春又临时来了个所谓“三个月的粮食四个月吃”，学生的口粮变成二十二斤半。

眼看着光靠压缩了又缩的口粮实在是难以撑下去，校领导千方百计搞一些代食品，如海草、海带，甚至在游泳池里养殖小球藻，在生化实验室利用盆盆罐罐生产“人造肉”，也发动同学外出采一些马齿苋、葵花叶子掺在玉米面里吃。大多数同学得了程度不同的营养不良性水肿，少数同学得了营养不良性肝大，还听说女同学都闭经了，从生理学角度看这是自我采取的保护性措施。

饥饿每天啃噬人的肌体，也同时折磨人的精神。好像人们的大脑对“吃”这个字特别敏感。仿佛人的肚子永远也吃不饱、填不满，即使肚子饱了，眼还是不饱。就在这时，不知是谁创造了“增量法”，很快在学校食堂推广起来。

所谓“增量法”就是把玉米面用开水烫一下，烫过的玉米面吸足了水分后体积看起来成倍增长，然后再用来制作成窝窝头或是发糕。由于膨胀的玉米面失去黏性，做窝窝头就需要再配上一点面粉粘合，不然很难团弄在一块。这种烫过的玉米面，一般只能平摊在笼屉上做成饼子，美其名曰发糕。功夫不负有心人，如此一个“增量法”，三两粮票就能捧来一个又松又软的胖胖的大饼子，虽然口感不怎么样，但肚子一时被填充了起来，更可贵的是眼睛也得到了一时的满足。

然而“增量法”能一时骗得了肚子、瞒过了眼睛，但就是骗不了“能量守恒”这条铁律。一时填饱的肚子并不买账，等不到下一次开饭，肚子就又提前叫了起来。不过说句公道话，在那天天饿肚子的年代，能叫肚子和眼睛得到一时满足，也算“增量法”的一个不小的贡献了。

我的同学老杜

前几天有报道说，龙口到青岛的高速公路，已获有关部门批准，年底可望动工。建成后，龙口到青岛用不了两小时。这消息令我振奋，并立马联想起五十多年前的往事。

我说的老杜，就是我同班的杜宗仁同学，山东龙口人，比我长两岁，高个子，说起话来声音洪亮，稍带点口吃。虽然大手大脚，但他很灵巧。一九五八年医学院尚无统一教材，学生读的是由本校教授自编的讲义。学校里有专业的誊印室，钢板字刻得很工整、很漂亮。每次要讲的课的讲义，都是提前发给学生。我们只需自备讲义夹子，把每次发的讲义夹好。

寒假开始了，除了几个华侨，大多数的同学都回家过年了。我因等公共汽车，耽误了上船，船票被作废，一气之下不走了。后来发现杜宗仁同学也没走。假期的第二天，老杜买来了牛皮纸、糨糊、裁纸刀等。我也搞不清他从哪里弄来了那么多讲义。他看我诧异，就和我说明缘由，并约我加盟，装订讲义。我不假思索，就痛快答应了。原来是放假前老杜早有打算，利用假期为同学装订讲义，事前早有准备，并在多处贴出小广告。

我们的工作程序是，我把一份份讲义理齐，老杜再把它装订成册，在脊背上涂匀糨糊，再把事先裁好的牛皮纸糊上，待糨糊干透后，再按一个标准长宽裁齐。老杜干活又快又麻利，经他装订的讲义，整齐漂亮。

共同劳动，产生感情。老杜向我说了内心真话。他早年丧父，母亲一手把他拉扯大，读高中时就为他完婚，家里有老母、妻子、儿子。他两眼泪汪汪地说，我何不想回去，全家团圆，过个欢乐的春节啊！不行啊，来回路费得十几元！我心酸了，我沉默了。老杜，你已是个成熟的人了，你的内心世界比我复杂得多，承受着多大的压力啊！

春节过后，同学陆续返校，装订好了的讲义一一被取走，每一本收一毛钱。我算是打工，老杜还给了我几块钱。后来像老杜的这种做法，叫勤工俭学。

前几年，我到他家看望他，这也是头一次到他家里。二十世纪八十年代初，落实知识分子政策，他才把老母和妻儿举家由农村搬到城里。老杜腰椎有毛病，想站起来迎接我都有不便。一位头发全白的老太太，手脚麻利地出来为我倒茶，哦，这就是老嫂子。我又提起一九五八年那段往事，他笑了笑说，那时穷啊。老杜，你是老母的大孝子，妻子的好丈夫，儿女的好楷模。好人必有好报，祝你安康长寿。

票证年代

从二十世纪五十年代末到八十年代初，在将近三十年的漫长岁月里，名目繁多的票据相继登场。单是我手中的就有粮票、油票、布票等。在诸多票证中，粮、油、布这三种算得上正规军，是国家监制的全国通用票证。一票在手，走遍全国不用愁。不过这种全国通用的票比较短缺，通常是凭省票兑换，供出省用或是作为礼品赠送省外亲友。省、市、区印的也有，譬如省里印的粮票、布票、油票，市里印的煤票、烟票、酒票；过年时，区里发的菜票、猪头票、猪蹄票、鱼票、鸡票等。

学生是集体户口，粮票、油票通常是不发给个人的。如确实需要，可凭餐票到膳食科兑换，油票则不可。香烟票从一九六〇年开始发放，我不吸烟，从没要过。有的同学认为不要白不要，怕吃亏，神不知鬼不觉地加入了烟民的行列。

票证，是计划经济的产物，物资匮乏的无奈之举。不过从某个角度看，也不无积极的一面。在物资匮乏的年代，它保证了人人享有基本的生活权利，避免了两极分化。从医学的观点看，定量吃饭，既饿不着，又预防了“富贵病”。那时，很少见到代谢紊乱综合征

(高血压、高血脂、高血糖)，没有人忙着减肥，因此又避免了因减肥带来的后遗症。话是这么说，不过挨饿的滋味真不好受。我有个早餐吃得多的习惯，二十世纪七十年代，我常到济南开会，住山东宾馆，早餐是一小碗牛奶、几块点心，刚能塞满牙缝，到了十点来钟，就饿得肚子直叫，冒虚汗。

布票从二十世纪五十年代末开始发放，每人每年三尺三。国人有新三年旧三年的美德，一件衣服几乎能穿十年。衣服不多，都是赶上礼拜天，上午洗洗下午再穿。一九六二年压缩到一尺六，也挺过来了。自己动手，丰衣足食，多数家庭买了缝纫机。一件衣服大人穿了孩子穿，老大穿了老二穿，露不出皮肤就算体面。我有一件汗衫，背部穿成了“蜂窝”，拿到胜利路新世界商场，花几个钱，上下颠倒，再缝上一个圆口领子，又能穿个一两年。

改革开放像春风一样催生了万物，在同一块土地上，短短几年工夫，迅速满足了人们的物质需求。使用了近三十年的票证，像暖春后的雪，转眼间消融了。一九九三年，最后的一种票据——粮票，也悄悄地退出舞台。

第一次坐汽车

乘坐汽车在今天实在是太平常的事，有的人几乎天天坐车。有报道说全国拥有汽车一亿七八万辆，平均六七人就有一辆，有些先富起来的，一人拥有多辆。汽车在许多城市造成的拥堵和空气污染，已成问题。有些城市不得不采取摇号、限行等措施。全国普遍实施了村村通工程，我老家门口就有个客车站，每天有定时班车通往市里。可在五六十年前，远离城镇的乡下人甭说是乘坐，许许多多人一辈子就没见过汽车。当时谁能坐过汽车，都是值得羡慕和炫耀的事，会成为街坊邻居的话题。一九五一年，我母亲为看望儿子到过上海，村子里无人不知无人不晓，婶子、大娘问坐汽车、火车什么滋味，记得母亲的答复是就觉得两边的树直往后跑。

我第一次乘汽车是在一九五五年，是我刚考上高中的时候。现在的日照市二十世纪五十年是隶属胶州专署的一个小县城。全县只有一处中学，就是现在的日照一中。我的高中，要到胶州专署驻地胶县去读。胶县也就一处中学，即现在的胶州一中。在九月初，按录取通知报到的头一天，天刚蒙蒙亮，我背着铺盖匆匆上路，准备赶乘下午日照开往胶县的班车。我一路小跑赶了六十多里，到达日照车站已是中午时分。一打听，工作人员告知汽车停运。那个年代不像现在，既没有高速，也没有什么等级公路，日照通往胶县只有一条弯弯曲曲的土路，河上的桥梁都是漫水桥，遇到下雨天河水一涨交通就得中断，日照到胶县必经的日照至藏马县（今泊里镇）段因河水涨满停运。明天就是入学的日子，焦急之心可想而知。

与我同样遭遇的不止一个，在车站陆陆续续遇到了几个同学。焦急中大家一合计，走！吃过晚饭，已经凑了五个同学，漆黑的夜里深一脚浅一脚，走了一百多里，天亮前到了藏马县车站。还算顺利，吃过早饭，上午八点多钟，就坐上了由藏马开往胶县的汽车。这可是我头一次接触现代化的交通工具，那时能到乡下跑的汽车都是些老的没牙的老爷车，我这次乘坐的车从标识上看还是个“洋老爷”。形状类似吉普车，车头是尖尖的，车厢不大，只有二十多个座位。即使这样也没坐满，因那时人员流动量很少。这车兴许是岁数太大了，倚老卖老，脾气还真不小。平路上跑起来浑身哆嗦，不时发出叽叽嘎嘎的声音，仿佛是一个有病的老人的呻吟；遇到上坡还得叫乘客下来伺候它，推着它走。从藏马到胶县不足二百里路，下来推了三四次，足足跑了大半天。到了胶县，太阳已偏西了不少，估计也在一点左右。

退休后我年年回家乡，每当路过胶州到泊里这段路时，就想起第一次乘坐汽车的那段往事。那次大半天的路程，如今乘坐高速大客车用不了一个小时。车跑得太快了，改革开放后我国的汽车工业和公路交通发展太快了！

第一次乘坐火车

我第一次乘坐火车是一九五六年的七月中旬的一个下午，在胶州车站乘车去上海。

一九五六年，经济建设刚刚起步，从事商务活动的人不多，流动人口较少，像现在老幼参与的旅游活动，那个时候绝大多数人听都没听说过。尽管当时青岛到上海每天只有一趟列车，车厢里还是显得闲散安静。看起来车厢都比较陈旧，但由于列车员不停地清扫，留给人的印象是比较干净。列车员着装统一整齐，头戴镶嵌着红五角星的大盖帽，显得很精神，颇有军人气派。他们很敬业很勤奋，哪一位乘客在哪个车站下车都记在小本上，到站前都一一提醒乘客。他们一手提着水壶，一手捏着三两个茶杯，不停地在车厢里走来走去，随时给旅客送上一杯热水。夜间旅客睡了，列车员就坐下来学文化，看起来十分认真。

现在从青岛乘高速列车到上海仅需五个多小时。那时没有高速铁路，火车也不像今天的电力或是柴油机车，都是些烧煤的蒸汽机车，速度慢，停靠站多。跑了二十多个小时，第二天下午三四点钟到达浦口车站，这是津浦铁路的终点站。

当时万里长江没有一座跨江大桥，大江南北没有一条直达的铁路或公路，这些问题严重困扰着我国的交通事业。一九五六年武汉长江大桥建成通车，从此京汉铁路和粤汉铁路连接在一起，天堑变通途，京广线上从此结束了火车需要轮渡过江的历史。天津到上海是由两条铁路对接联通的。由天津到浦口这段路叫津浦铁路，过了长江，南京到上海是沪宁铁路。列车到了浦口望江兴叹，只能借助轮渡过江，才能驶上沪宁铁路。南京长江大桥一九六八年建成通车，这也是我国自主设计建造的，第一座铁路公路两用的长江大桥。津浦铁路和沪宁铁路南北连接，成了今天的京沪铁路。从此浦口这个火车轮渡码头，完成了自己的使命渐渐淡出。

乘轮渡时乘客不需下车，但要耐心等待。机车头不无辛苦地来回数次把车厢分组卸下，再拖到渡船上码放整齐。过了江，车头又来来回回忙活了一阵子，把车厢重新连接起来，然后慢慢爬上了沪宁铁路。江南的七月原本就酷暑难耐，火车轮渡时，车厢里的电风扇也停止了运转。早就让人透不过气的车厢，顿时成了个大蒸笼。为了目睹火车轮渡的壮观场面，人们顾不上擦拭满脸的汗珠，纷纷把头伸出窗外，瞪大眼睛看个究竟。那时能戴手表的人微乎其微，同车厢里几乎没人能说出个准确时间，凭感觉估计，这次轮渡折腾了一个多小时。

如今的万里长江，已有铁路公路两用大桥四座、铁路大桥三座，横跨长江的公路大桥有几十座，还有过江地铁隧道。爽！五十七年前我亲历火车在浦口轮渡长江的往事，虽然早已成为历史，但那次的经历和感受却永远留在了我的记忆中。

第一次坐飞机

二十世纪八十年代中期，对于我这个快五十岁的人来说，乘坐一次飞机品味一下那种充满浪漫色彩的浮想，就如同遥远的梦。一九八四年烟台获沿海十四个对外开放城市之一的殊荣，莱山机场与时俱进，军民两用，当年开辟了烟台直达北京、上海、广州和济南几条航线，每周一、三、五或二、四、六各有一次航班。在烟台就能乘坐飞机了，我的梦似乎离得更近了。

在那个大多数人还为温饱拼搏的年代，普通百姓能乘坐飞机的实属凤毛麟角。市政府规定，各部委办局副处级以上干部因公务出差可乘坐飞机，正科级干部需单位领导批准。尽管科长们都有乘坐的愿望，但碍于面子，除不得已外谁也不乐意申请，唯恐一旦不被批准，落个茶余饭后的笑料谈资。可能出于民航业务发展需要，一九八五年春，市政府出台了新的规定，标准放宽，正科级以上干部因公出差可凭身份证直接购买机票，不再需要领导批准。这个消息一时成了机关大院家属宿舍的热门话题，那些科长们见了面无不咧起了嘴，兴奋喜悦之情溢于言表。

一九八五年六月，全国基层卫生工作会议在烟台召开，山东省卫生厅通知烟台市卫生局到省厅汇报会议筹备工作，然后由省厅医政处派员陪同到卫生部医政司汇报。我迎来了两个第一次，第一次到首都北京，第一次正式乘坐飞机。

我是局里第一个乘坐飞机的科长，办公室派车送我到机场，老伴和医政科的一个女同事随车到机场看热闹。安检手续不像今日那么复杂，只在候机厅出口用一个探头扫了几下，出了门不远就登机。看热闹的人趴在大厅的窗子上近距离观看飞机也是一种满足。这次乘坐的是一架英国产的“肖特”型飞机，满员可乘三十九人。

以今天的标准看算是个小飞机，然而这天飞机的空座率还是很高，直到起飞我环视了一下，乘客只有二十六七人。一辆“130”小型卡车从远处开来，一根绳子牢牢套住了飞机，汽车拖着飞机在跑道上跑了大约一百米，驾驶员下车解开绳套，汽车悄悄躲在跑道一边。飞机闷声闷气地继续向前滑行百八十米，呼的一声离开地面，飞向天空。

蓝天、白云、高山、大河一览无余，目不暇接。过了半个多小时，飞机开始下降，滚滚黄河、巍巍的千佛山和美丽的泉城越来越近，越来越清晰，飞机平安在济南机场着陆。

走出机舱十几步远，我感到两个耳朵胀得比在机舱内厉害多了，继而什么也听不到了。我边走边频频做着吞咽动作，突然两个耳朵几乎同时发出嗤的一声，一股气流从耳朵深处冒出来，鼓膜恢复正常了，好受了，听到了，一场虚惊过了，我的梦圆了。

一个鸡蛋的启发

二十世纪六十年代中期，人们的日子终于走出困境，肚子能吃饱，副食品供应也得到改善。每人每月供应猪肉、花生油、鸡蛋各半斤。不管大人小孩，每人每年发三尺三布票。老话说“吃在脸上，穿在身上”，此时人们的脸色泛出了红晕，衣着也得到补充，虽然还免不了打补丁，但在重要的场合，还能穿上件新衣服，社会恢复了生机。一九六七年的春天，我的第一个孩子出生了。

当时我所在的黄县（今龙口市）谁家生了小孩，凭医院的出生证明可买十斤鸡蛋，论个数也就七八十个。当时国家规定，产假三十天，也就是说，在整个产假期间，每天能吃两到三个鸡蛋。

为了让母子尽可能获得足够的营养，光靠供应的显然不行。某日，我在自由市场买来一只老母鸡，准备第二天杀了炖汤。说来这鸡命大，第二天中午，我下班回到家准备动手去杀鸡，一个红皮鸡蛋呈现在眼前。我高兴极了，非但不杀，反而把这鸡保护起来，拿来剩饭、拔些野菜喂它。这鸡也通人性，几乎是每天下一个蛋，以报不杀之恩。

受此启发，我又到集市上买来两只鸽子大的小母鸡，给它们垒了窝，细心喂养。转过年，春节还不到，两只小鸡开始回报了，老少三只鸡齐上阵，平均每天我能收两个蛋。加上三口人每月供应的一斤半，吃鸡蛋的问题基本解决了。

那时候，整个宿舍大院没有一家养鸡的，我突然养了三只鸡，有些人看不惯，背后议论我，我不予理会，以沉默应对。榜样的力量是无穷的，麦收后，邻居也不约而同地买来小鸡苗，叽叽喳喳挺热闹。养鸡的人多了，嘀咕的人反而少了。

中秋节到了，小公鸡长到了一斤多重，杀了炒辣椒吃，香喷喷的，真美！转过年开春，小母鸡下蛋了，左邻右舍传出咯哒咯哒的声音，其乐融融。

久病无孝子感悟

俗话说，久病无孝子。这话讲了不知多少年了，不无道理，也不尽然。

我从医几十年，观察老人久病时，儿女的众生相大体归纳为四种。一是既有孝心又有孝力型。这是老人有福，一旦生病，儿女齐心协力，要求医生全力救治。该检查的就检查，必用的药，贵点也要用。或亲自陪床，端水喂饭；或花钱雇人，日夜陪护。医生欣慰，病友羡慕。二是有孝心乏孝力型。病床前，为老人擦屎端尿，洗脚擦背，日夜守候。他（她）们为父母治病，不遗余力，但手中拮据，每当护士与其对账时，脸上露出无法掩饰的愁云。医生无奈，病友同情。三是有孝力乏孝心型。儿女不少，条件不错。老人病了，花钱大家平摊，斤斤计较，轮流陪护，别别扭扭。医生劝导，病友暗暗笑话。四是既无孝心又乏孝力型。老人病了，儿女漠不关心，久拖不治。病情稍有好转，赶紧要求出院。医生心疼，病友漠然，互相发问，生这么些东西干什么？

好在这四种情况，还是前两种占大多数。更值得欣慰的是，随着城市医保制度逐步完善，以及新农合的全覆盖，报销比例的不断提高，第二种情况的子女脸上的愁云已减少了许多。第三种情况，多属子女成群，教育程度不高，相互攀比，推诿扯皮所致。可见，多子（女）未必就多福。第四种情况，据邻居或同事反映，多是“遗传基因”使然，就是上一辈子没做出好榜样，上行下效，报应。

我不知道该把自己归到哪种类型。我是父母最小的孩子，读高中时父亲病倒了，那时当地没有高中，我要到四百里以外就读，父亲病重期间，我只带了几个苹果，回家见了父亲一面，第二天一早就匆匆返校。大约过了一个月，期末考试即将结束，我接到了家书，是姐姐写的，转达了母亲的话，想到我要考试了，父亲病逝没想叫我知道，盼我寒假早早回家。父亲去世后，大哥把母亲接到了上海。我读大三时，母亲患急性病毒性肺炎住院。又是个年末，大哥担心影响我考试，没把实情告诉我，来信只说母亲的气管不好，让我安心，不必多挂。到了十二月十八日，我接到电报，是大哥发的，“母亲病重来沪”（此时母亲实已病逝）。我当即请假，带上我珍藏的三个苹果、六个鸡蛋，从青岛乘船，经二十六个小时的煎熬，到了上海。我和大哥以泪相见，母亲没能吃上我带的苹果和鸡蛋，只成了供品。

父亲病逝，二哥卖地卖牛，原本比较富裕的家几乎滑到了破产的边缘。母亲病故，大哥欠下了多年才还清的债。我一味地读书，落下了终生的遗憾。

大学毕业后，我力所能及地帮着二哥拉扯孩子，后来又帮他修房子，置家电。退休后，老伴陪我多次到上海、武汉，看望年迈的大哥和多病的姐姐。连续十五个清明节，我坚持回老家为父母扫墓。老伴最知我的心，我在努力地追回“失去的”，同时我也收获了坦然和快乐，我活得更幸福。

我家的第一台彩电

一九八三年春节将至，一心想看上春节晚会的我，咬咬牙，跨过黑白时代，一步到位，买了一台彩电。

托在交电公司当经理的邻居弄了张“票”，算是八字有了一撇，下面就是凑钱。一台上海产金星牌的十四英寸的彩电，价格是一千零三十元。这个钱拿到今天，谁都掏得起。可在那个年代，对许多人来说，这可是一笔不小的开支，甚至想都不敢想。就拿我自己说吧，我一九六三年大学毕业，整整二十年了，每月的工资不足六十元。这还是一年前刚刚长了一级的工资。毕业后，由一个人变成一家四口人。全家的收入就一百多元，两个孩子都在中学读书，要想攒个钱，着实不易。几年的积蓄翻了个底朝天，凑了一千元。一不做，二不休，又从一个当船员的小李那里借了三十元，算是凑齐了。

这一天是腊月二十几，记不清了，只记得是个星期天的下午。大风伴着大雪，让人睁不开眼。我把钱包了又包，装到内衣兜里，外面穿一件棉大衣，可以说是万无一失。我们坐上三路公共汽车，两个儿子左右保驾。我心里美滋滋的，今晚就能看上自己的彩电了。

在朝阳街交电门市部，那位邻居交代了一下，售货员接下我的钱。好家伙，一元的、两元的、五元的，最大的票额是十元的。一千多块钱，点了大半天。彩电已经搬到柜台上了，多年的梦就要圆了，又被告知会计不在，开不了发票，把款退还给我。此时，我心里紧张了一下，几天前，某公司出纳员在银行大门口被抢的事，全市传得沸沸扬扬，我这一大包钱，点了大半天，能不被坏人盯上？

我从未拿过这么多的钱，担心被人抢。我和两个儿子乘车离开，没敢直接回家，生怕被人盯上。当时我住机关宿舍，其北大门正对着市政府大院的南大门，机关大院由军分区战士值班站岗。我从机关正门进去后，从南门出来再回家。心里想，这一转，有什么尾巴也甩掉了。

后来彩电安装好了，春节也到了。孩子们之间传传，楼上楼下，没有不知道我家有彩电的。春晚开始了，邻居们带着马扎子、小板凳，把我家不足十平方米的客厅坐了个满满当当。随着节目的播放，掌声、笑声不绝，这年的春节，因有了彩电棒极啦！

我家的那部电话

我没做过统计，因此说出的数字恐怕就不那么准。仅就平日的观察来说，现如今城市人家里没有电话的是极个别，即使不安装座机，也有个手机或小灵通什么的。你瞧街头遛弯的、菜市场买菜的老太太，哪个不揣着个手机？到农村去看看，几乎也是家家有电话或手机。清明节回老家，看到挥了一辈子锄头，快八十岁的老哥，走到哪里兜里也都揣着个手机，以便家人随时能与他联系。社会进步了，电话手机普及了！回想二十多年前，我家安装那部电话可真不容易。

那是一个风雪交加的夜晚，农历腊月二十三，当地习惯叫过小年，是送灶王爷上天的日子。我正在家里边吃着饺子，边和孩子说着用糖粘住灶王爷的嘴到了天上说好话的故事，突然听到走廊里一阵急促的敲门声。我打开门一看愣了，市委办公室王晓华主任披着满身雪，上气不接下气地站在门外。他说，老相快，侄女婿出车祸啦！我把门一卡，没顾上与家人打招呼，一溜小跑下了楼。汽车在雪地里一打一滑地驶往医院。

病人已得到紧急处理，是因雪天路滑又急于返回家过小年，中途汽车翻到路旁的沟里。病人虽多处摔伤，但幸好无生命危险。主任情绪稳定下来后说，怎么一个院长家里不装个电话，院里有急事怎么办？我说，不是不想装，申请过几次就是排不上号呀！

过了两三天，院办公室主任告诉我，说刚才电信局来电话，要到我家安装电话，叫我回家等着，一会便到。电话安装好了，殊不知这电话“先天”不足，每当刮风下雨它就犯病，外面刮大风，电话里面就刮小风，发出呼呼的声音，有时干脆就掉了线。电信局的师傅来修过几次，他引领我到外面看看。好家伙，原来这电话只连了一根从五六百米外扯过来飘在空中的线，最近的一个固定点也在二十多米开外的山墙头上，飘浮在空中的线随风飘荡，怎能叫它不叫唤呢？师傅还说，这部电话是从某某学校撤下来给我安装的。哦，我明白了，难怪时常有电话打过来就问：“是教务处吗？”

当时的电话号码只有五位数，医院为此支付了整整五千元。

我的第一张工资单

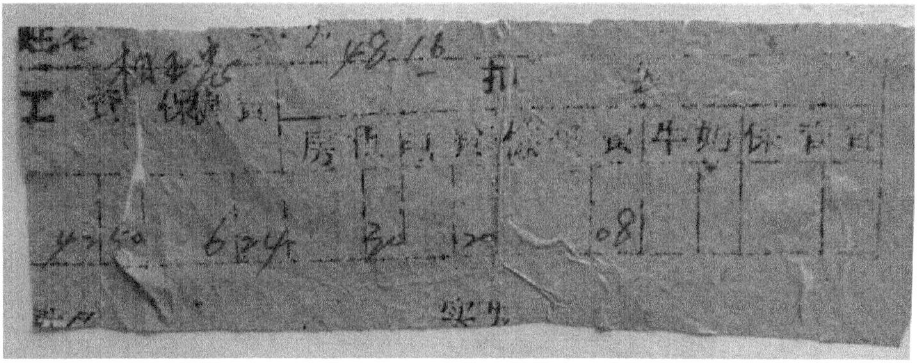

上面这张黑乎乎、皱巴巴的小条条，是我毕业后第一张工资单。那是一九六三年九月十六日的事，距今近五十年了。

看看这张纸条，薄如蝉翼，似乎有些小网眼。其颜色就更难说了，黑也不能说黑，绿也说不上是绿，我观察周围，没找到哪一种东西的颜色类似这张纸条。那个年头，不只是农业歉收，工业也困难重重，从这个工资单上你有足够的想象空间。

当时的工资标准，据说全国分八类，类数越高，工资也随着增高。我被派到黄县，就是现在的龙口市。这里属三类地区，工资标准比烟台市里的四类略低。就拿毕业的医学生说吧，第一年试用期，四类的每月发四十三点五元，三类的发四十二点五元，相差一元。因为我所在的单位是当时的烟台专署结核病防治所，每天都与病人打交道，免不了大量的结核菌呼吸到肺里，国家给予关怀每月发保健费六点二四元，这样我应拿四十八点七四元。这个单子的靠右部分，清楚地看到一个“扣”字，由于纸张质量和印刷问题，“扣”字右方的另一个字实在没法看清。扣除的款有三项，从栏目中难辨，但能记得有两项，分别是：房租 0.3 元，电费 0.2 元。另外扣的那 0.8 元，工资单上看不清，我也不记得，成了“死账”。

父母养育了我，在我漫漫的求学路还没走完时，相继离开了我们。我为没来得及尽一点孝道而内疚。当天，我通过邮局，给家里的二哥汇去十五元，让他多买些烧纸和祭品，给二老上坟，以慰父母在天之灵。我也轻松了许多。

医生也不容易

再过一个月，我就退休十五年了。闲来无聊，更加重了人老了最容易犯的通病，爱回忆，爱琢磨往事。今天就忆一件，并写下来。

二十世纪八十年代初，我在市卫生局任医政科科长。一天上午办公室突然进来三个人。两个穿制服，似是公检法的职业服装，完全是一副陌生面孔。另一个穿便服，似曾见过面。坐定后，着制服的高个说明来意。他们是某县检察院的，要起诉一个公社医院的医生，想听听市里业务主管部门的意见。

谢天谢地，他们还真不错，对专业技术人员的处理比较慎重。经卫生局那位（穿便服）的叙述，并详细查阅病历，我明白了事情的原委。这一年春天，县里经舆论宣传，大会动员，全党动手，全民发动，在全县掀起了轰轰烈烈的计划生育高潮。凡是已有两个孩子的，夫妻双方排除有禁忌症的，必须有一个人做绝育手术。胶东人民风淳朴，妇女贤惠。除少数家庭外，大部分都是女的上阵。她们说，老爷们是家里的顶梁柱，靠他过日子吃饭，一旦有个闪失不好办。当发动到某个村时，妇女们被一拖拉机又一拖拉机地由村妇女主任陪同送到卫生院。几台手术同时上台，流水作业，消毒的、手术的、照顾的，有条不紊。那工作势如破竹，形势喜人。

真是天有不测风云，人有旦夕祸福。某日，张大夫从上午七点多进了手术室就没出门。手术一台接一台，中午简单吃了饭就接着干。下午五点多钟，手术人员刚刚脱下手术衣，有人招呼，又来了一车！张大夫一班人重新披挂上阵。这一次他失手了。晚饭时，张大夫突然想起一件事，额头上渗出一阵冷汗。他感到下午最后那一例手术可能有问题。他放下饭碗，回到医院向院长作了汇报，并亲自骑车找到那名妇女，然后又陪送那妇女住进县医院。妇女被诊断为肠损伤，肠容物大量进入腹腔，导致中毒性腹膜炎，虽经多方努力仍不治身亡。

轰轰烈烈的工作，出了这事后如同晴天霹雳，全公社的计生工作如遭瓢泼大雨，冰冷冰冷。全县的计生工作受到严重影响。我逐一解答他们提的问题，客观地分析当时的工作量、工作条件，尤其是张大夫第一个主动向院长汇报，主动骑车登门探视病人，并陪送到医院。他们也承认张大夫不是有意破坏，不是玩忽职守，是工作中的问题。着制服的问我："你看怎么处理？"我说："眼前最重要的是做好死者家属的思想工作，总结教训，维护好医院正常工作秩序。至于张大夫，我个人的意见，重在吸取教训，还得工作，给个记过处分就行。"

事后约半年，我问过当地卫生局，张大夫没被逮捕，也没被判刑，由卫生局给了个开除公职，留用察看一年的处分。

一张会议餐券

随意翻翻几十年前的笔记本，发现了一张会议餐券，又一次触动了回忆的按钮。

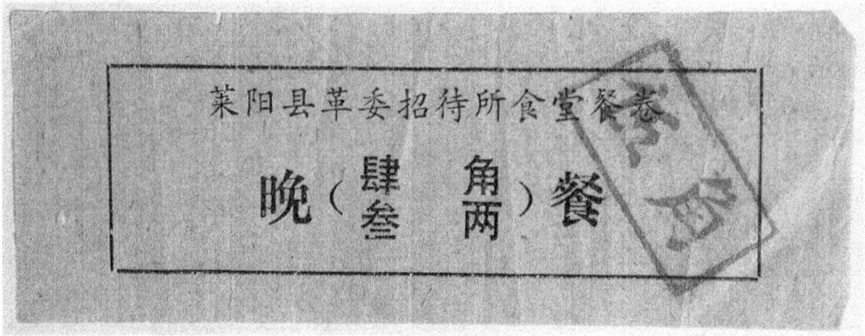

这是二十世纪七十年代末的事，当时全国精神病防治工作会议在山东莱阳召开。因烟台地区精神病防治院就驻在莱阳。他们在国内率先开展了农村精神病防治，借用农村三级医疗网络，把广大农村散在各家的精神病人统一管理起来。这次与会人员并不多，每个省一两人，本省各地市一至两人，共到五十多人。当时我在地区卫生局医政科任职，参与了会议的服务工作。

那个年代物资匮乏，好在价格稳定，与会人员每人每天缴一斤粮票一元钱。粮票的分配是：早、晚餐各三两，午餐四两；钱的分配是两角、四角、四角。当时，烟台地区农业生产搞得比较好，不缺粮食，所以会上基本不限量，保证叫大家吃饱。原定午、晚餐四角钱，此时又提高了标准，加了一个荤菜。为防止其他会议的与会人员坐错了餐桌，临时在晚餐的餐票上加盖了一个五角的标记。

会议结束时，会务组与招待所结算，粮食超出五十多斤，由院方向当地粮食部门写出申请做了处理。因晚餐加菜造成收支不平衡，超支八十多元钱，亏损部分只好由承办这次会议的烟台地区精神病医院做了处理。

天下乌鸦并非一般黑

曹雪芹在《红楼梦》五十七回中有一句“天下老鸹一般黑”，有句俗语叫“天下乌鸦一般黑”，我理解有两层意思，一是说这乌鸦不管是长在哪里都是黑的，另一层是比喻所有的压迫者、剥削者都是一样的坏。

我说的天下乌鸦并非一般黑是个自然现象。就乌鸦本身讲，由于生物的适应性，世界各地的乌鸦因自然条件和环境不同，乌鸦的羽毛颜色就不尽一样。二十年前，我在莫斯科大学的大门外，靠近列宁山的一条马路上，看到了被来往车辆碾死的乌鸦。我仔细观察，这乌鸦的头尾以及前胸是黑的，背部两个翅膀中间是白的。我回国后，曾和别人说过天下乌鸦并非一般黑。后来我到澳洲旅游，在新西兰见到的乌鸦和在莫斯科见到的一样，也是黑白两种颜色。去年冬天我在南非旅游，到了最南端的开普敦。一天早晨，儿子对我说：“爸，你不是说除了在中国，别处没见到喜鹊吗，你看那不是吗？”我顺着他指的方向看去，十几米外的阳台上有个类似喜鹊大的鸟，全身乌黑乌黑的。我说那是乌鸦，儿子认可了。

本以为乌鸦就是这两种样子了。靠近地球南北两极的地方，因适者生存，生活在冰天雪地里的，乌鸦背部是白的，如在莫斯科、新西兰等地。生长在温带的乌鸦是黑的。开普敦虽然地处高纬地带，但因是地中海气候，终年无雪，乌鸦便也是全黑的。到了埃及又是一番情景，在首都开罗，见到的乌鸦是灰色的，好像国内的灰喜鹊。可能是这里地处沙漠，多风沙使然。这种灰色的乌鸦个头肥硕，几乎是开普敦乌鸦的一个半大，怎么解释？开罗是个新旧并存的城市，旧市区内的街道遍地垃圾，乌鸦食物丰富，营养充足。不同的颜色、不同的个头是在不同的气候、环境、植被等条件下经过漫长的岁月进化形成的。就如同人类不也有白人、黑人之分吗？

三四十年前乘夜车的感受

现在要说起交通来，那可太方便了。飞机、轮船、火车、汽车、自行车，交通四通八达，与改革开放前相比真是天壤之别。看看现在，人们出个门乘飞机成了平常事。条件好的家庭，孩子出门读书都坐上了飞机，还有的坐火车选择高铁或动车，太幸福了。我是又高兴又羡慕，社会进步太快啦！

改革开放前，烟台火车站的车次很少，到省城济南每天只有一趟车，晚上八点多开，第二天早上六点多到，要十几个小时。一趟车挂两节硬卧厢、一节软卧厢，当时买张车票都难，就别提买什么卧铺了。谁能坐上卧铺那是天大的享受。

烟台到济南全程硬座票价十几元。地革委行政管理处出台新的报销办法，夜间乘火车，若不乘卧铺，回来报销时票价的百分之三十归个人。这个办法真灵，它不仅缓解了买卧铺难的问题，客观上还帮了职工一把。在那个工资偏低、物资匮乏的年代，大家的日子过得都很拮据，十有八九的人是名副其实的“月光族”。就我本人来说，毕业十几年，工资没涨一分，开支却年年增长，不说别的，就说孩子的饭量吧，那是一天天地增长啊！当时我在烟台地革委卫生局任职，经常到省卫生厅办事，这个报销办法出台，我偷着乐都来不及，再也用不着求这个找那个买卧铺票了。每次去济南，带上一本书，看看书或聊聊天，不知不觉就过十二点了，此时没有什么异常感觉。难熬的是下半夜两三点钟，上下眼皮直打架，两条腿也感到难受。此时可以喝口水或是起来走动走动，提提神；或往靠背上一靠，闭上眼眯一会。若赶上坐在靠窗子的座位，两只胳膊一圈，趴在小桌上睡一会也是享受。

人的年龄很重要，那时我就三四十岁，可说是年富力强。坐一宿夜车，白天到省厅办完事，当天晚上再乘车返回，效率不可谓不高。也不能说不辛苦，可是这点辛苦换来的是六块多钱的回报，相当于提了一级工资。当我手里拿到这六块多钱的那一刻，反而是一身轻松。

王绪庄往事之一——柴草亏缺

二十世纪七十年代初，我被调到地区卫生局工作。当年冬天，我就被派到当时的即墨县搞起了“改造落后生产队”的工作，驻点王绪庄。这个村不大，全村不足五十户人家，编成一个生产队。这里一马平川，单从土地条件看，是个好地方，实际上这个村穷得叮当响。与别的村不同的是，这里不仅缺吃的，还缺烧的。因主要农作物是小麦、玉米、地瓜，能做燃料的秸秆太少。有劳力的家庭，先是拿地瓜或地瓜干到集市上换成粉条，然后再用粉条到青岛市的居民家中换些煤炭。看起来这还是个双赢的办法，市民们节约着烧，省下煤，换来了在城市买不到又很爱吃的地瓜、粉条，农民则弄到了十分需要但又买不到的煤炭。其实，这背后也有不公平的一面，农民的粉条是实实在在的价格，而煤炭，市民在买的时候是平价供应，交换粉条时，实际上把供应的那个“票”也计入价值卖给老农，煤炭变成高价的。这还是非常辛苦的出力活。王绪庄到青岛市区单程一百二三十里，往返一趟足有二百五六十里。他们都是三五人结伴，早上三四点钟出发，骑着大金鹿自行车，后座上带上粉条，摸着黑轻松上路。回来时，几百斤煤炭把那自行车压得晃晃悠悠。回到家，个个满头大汗，腿都累得发直，打不上弯来。

有的人家没有青壮年劳力，没有能力跑到青岛换煤炭，有时无奈，只得忍心烧起地瓜干做饭，也就是说锅里煮的是地瓜干，锅底下烧的还是地瓜干，锅里锅底一个样。明知地瓜干也是不够吃的，可又有什么办法呢？

王绪庄往事之二——夜盲症的困惑

这次工作组的工作方法和一九六四年社教工作队不同，不是大包大揽，而是依靠生产队原班人马开展工作，工作组仅是指导协助。但社员们并不这么看，他们认为工作组是上边派下来的，就是领导。干部遇到难题想得到工作组的支持，社员心里有什么疙瘩也愿意找工作组倾诉一下。

一天晚上，队长宋修熙找到我，似有委屈兼气愤的情绪，他说，公社布置，为加快水库工程的进度，要求队里抽调五名强劳力参加夜战，有人不听队上的安排。这不快到年底了，一般社员今年的义务工都派完了，某某家是富农，应多出的义务工没完成，他家三个整劳力，都说自己晚上看不见。“他家老大，邻居都知道是雀蒙眼（夜盲症），老二、老三怎么的？我看还是思想问题。”

有句老话叫“官不压病人”，既然这兄弟仨都说晚上看不见，作为一名医生，我不能一口咬定是还是不是，第二天我要了解一下。这某某家在村东南角的一个小院里，我推开那扇木栅门进去，老大正忙着准备晚饭。这是三个光棍家庭，老大三十五六岁，是一家之主，最小的老三只二十五六岁。兄弟仨个头都不小，真是三个整劳力。

我详细了解了他们家族眼睛的健康状况。原来，他们的母亲就是雀蒙眼，父亲视力正常。两个姊妹眼睛都正常，兄弟三人个个都是这个毛病。

行了，这是一个典型家族性的遗传病，这个病的遗传特点就是，健康男性与患夜盲病的女性结婚，所生的孩子女孩眼睛正常，男孩全部都是夜盲。

我把了解的情况和这个病的遗传规律耐心地告诉了队长，他竟然听出趣味，也听得明白，气消了，也不再安排仨兄弟到水库夜战了。

亲历唐山大地震抗震救灾

一九七六年七月二十八日，烟台地区农村卫生工作会议在黄县召开。头天晚上王学绍副局长召我在二楼的一个房间里继续修改第二天局长的大会主题报告，这是第三次，最后定稿已是凌晨一点多。房间里没有任何降暑设施，酷暑难耐。两个困乏的汉子倒头就打起呼噜来，美梦不长就被一阵剧烈的震动摇醒。

“地震啦!”不知是谁在走廊里呼喊了一声，整个楼层的人赤脚的、光背的、裹着被单的，跌跌撞撞地蜂拥到楼下。

天在人们的惊恐中不知不觉地亮了，余震停了，没有任何信息，连县委县政府也不知是咋回事。早餐过后，会议照常在一楼会议室召开，与会人员里只有掖县（今莱州）卫生局长姜瑞芝局长从一楼窗子往下跳被地上的碎玻璃刺伤了双脚，清洁包扎后坚持参会。

这次会议是流动式现场会，边看边议，上午到了黄县下丁家公社、招远县华山公社，傍晚赶到了乳山县。就在办理入住手续的时候，接到局办公室电话，传达山东省卫生厅紧急通知，唐山发生大地震要求烟台立即组织医疗队随时听命，局长决定由秦松副局长和我马上返回烟台着手组织医疗队。

灾情就是命令，二十多人的医疗队连夜组成，由烟台地区医院高典祥院长带队，遵照省卫生厅的指示，二十九日乘火车奔赴唐山。抗震救灾办公室就设在卫生局，烟台地委黄岗副书记挂帅，王克学局长具体负责，其他人员二十九日上午到位，商业局的毛友政科长负责物资保障，如药品、卫生耗材、担架拐杖、服装布匹以及伤病员的肉、鱼、蛋等副食品供应。我和烟台军分区卫生科黄科长负责联系地区县以上医院和驻军各医院伤病员的接收安置。

办公室就是阵地，我二十四小时守候在电话机旁，吃饭到机关食堂或孩子从家里送过来，办公室的长条排椅就是床。机关大院杂草丛生，蚊蝇成群结队，办公室没有纱窗，也没有任何驱蚊设施。蚊子盯上了我，每到夜晚就迫不及待向我发起进攻，我则奋起自卫，长裤长褂，两只脚用塑料袋套起来和裤腿扎在一起。一把大蒲扇挥舞起来对蚊子也是很大的威胁。

历时三个多月的抗震救灾，烟台共接收伤员一千五百多人，在物资匮乏的年代，烟台人勒紧了自己的腰带，满足了伤员的肉、蛋、鱼等副食品需求，医护人员把伤员当成亲人给予了无微不至的关怀。

当年十一月初，最后一批康复出院的伤员由我护送到唐山，与唐山地区卫生局办完了伤员交接手续。在唐山市区内稍作停留，当晚在昌黎县住了一宿，第二天乘火车返回烟台，返回到自己的家，抗震救灾的任务就此画上了句号。

赢了爱情，丢了事业

老人叫相鸿昌，是我的发小，今年七十八岁，暮年回到故乡探亲并约我到老家见上一面。三天前，我们如愿以偿圆了五十六年想见上一面的梦。

鸿昌性格活泼开朗，打小就爱唱歌。一九五七年，初中毕业后考入日照师范，读到第二年，临沂专署组织文艺汇演，他在日照队的大合唱里担任领唱，洪亮浑厚的嗓音引起临沂有关部门的重视，决定把他由日照师范转到专署所在地临沂师范重点培养。一九六〇年，师范毕业分配在日照县土山小学。学校有六个年级、六个老师，他负责教授语文、算数和一到六年级的音乐课，是名副其实的业务骨干。

他的歌声和他那近一米八的个头在这个山村小学驻地格外显眼，于是就有人关心起他来，给他介绍对象，女方是驻地出类拔萃的姑娘。两个年轻人一见钟情，很快坠入爱河。哪曾想，还有一个本村小伙追求这个姑娘，在潇洒的教师和农民之间小伙处在劣势是必然的，但殊不知小伙的哥哥是村干部。这还了得，鸿昌被调整出教师队伍。鸿昌无奈卷起铺盖，带着媳妇闯了关东。直至五年前他到日照教委上访，才知道当时辞退这么一个教师的理由竟是：思想落后，工作不积极。事情过去五十年了，一切都无法挽回了，日照教委给这个饱经风霜和磨难的老人每月二百元的生活补贴。

人间的酸甜苦辣无奈的老人认了，上天对他还是公平的，他有一副好身板，开了二亩荒地，粮食蔬菜自给自足，每年还能卖三四千元；子女学业事业有成，对老爸理解孝顺；老伴与他相濡以沫，晚年不能不说很幸福。

这次见面，百感交集，酒喝到深处，他深情地唱了一首《一壶老酒》，声音还是那么洪亮深情，唱者、听者的眼里无不含着泪珠。

穷孩子患了“富贵病”

一次偶然的酒席上，副陪是位很受器重的夏老总。此总我曾相识，二十几年前，第一次见面时，他十八九岁，是一名筑路工。个头不高、体态偏瘦，一看就知道这是个撂下锄头不久的农民工。

小夏只是联中（联村办的初中）毕业，文化程度真不高，但他勤奋好学，人又伶俐，干起活来从不马虎。他不算是个有力气的人，但有十分劲他能使出十二分。小夏很快受到施工队同事的好评和领导的肯定。没过几年工夫，他便被安排为项目负责人、施工队队长。经他施工的不管是马路、桥梁，还是别的什么，都是优质工程，有的还被当成样板。

年复一年，转眼十几年过去了，此时的他已是四十出头的人了。再没有人叫他小夏了，都称呼他夏总。实际上他是副总。称总是出于习惯和尊重。不过此时，他离总确实不远了，凭他的实力和“不拘一格选人才”的眼光，他很有可能登上市政府属下公司正处级编制的一把手。

天有不测风云，二十世纪九十年代初期，改革的浪潮风起云涌。夏总所在的公司，包括资质、设备、债权债务被一起卖出。新的老板上台伊始就来了个优化组合，那些年龄大的、平日里腰腿痛的都提前退休。夏总不甘心给新老板拉套，联络了几个干活能手，吸收了部分提前退休的工友，组建了自己的公司。

凭着夏总的人缘和实力，公司一年到头有干不完的工程，经营规模迅速扩大，夏总很快成了同行业的龙头老大，并把触角伸向了房地产业。在一片赞誉和推杯换盏之后，主陪发话了："夏总是个宁伤身体不伤感情的人，今天喝得不少了。最近夏总身体有些不适，就不一一回敬了。"出于职业的习惯，我问夏总身体有什么问题，他无可奈何地一一述说："高血压、高血脂、高血糖，还有高尿血酸。心脏也不好，有冠心病。"我说，这些都是富贵病，是吃出来的。他说，没办法，这个行当就是这么个样，天天喝，几乎没有哪个晚上是不喝的。

金钱和健康，并没有直接的矛盾。不良的生活习惯、过度的吃喝，是健康的杀手。夏总的身体状况就是个典型例子，这叫穷孩子患了"富贵病"。

维修工的午餐

烟台市建昌南街的路上，时间是十二月二十二日中午，一场中雪刚过，天空中时有零星雪花飘舞，当天气温是零下四摄氏度到一摄氏度。近十二点，当人们或在家里或在餐厅、食堂吃着热乎乎的饭菜，或是正美滋滋地喝着小酒的时候，这两位师傅为了保证千家万户的用水安全，冒着凛冽刺骨的寒风，正在维修一处自来水井的设施。

午饭时分，两位师傅席地而坐，马路牙子就是他们的餐桌。一人两个盒饭，地上放着的塑料袋里盛了些拌豆腐皮和炒菜，这就是他们的午餐。他们是市自来水公司的维修工，为了家家户户用水，他们吃饭时却不能喝上一口热水。

我惊奇地问，这么冷的天怎么不找个避风的地方，不冷吗？两位师傅异口同声地说，还行还行，做这种工作就这样。我又问，喝口小酒暖和暖和，不好吗？两位师傅摆摆手，笑着说，不行啊，下午还要接着干活哪。我敬佩这两位师傅，你们辛苦了。

首次走出国门

二十世纪九十年代初，市政府鼓励机关事业单位兴办经济实体和经商活动，我所在的医院成立了迈迪克经营总公司，做起了医疗器械和服装出口的生意，有时也利用关系和渠道弄点钢筋铜材之类。当时许多重要物资的价格执行的是双轨制，即从计划内弄到货源，再转手到市场，这种对缝式的经营，利润相当可观。此时，我萌生了走出国门把生意做大的念头。考虑到公司的流动资金有限，我们没敢想到美国或日本等国家去，而是去轻工业产品匮乏的苏联试试。我与张士林以总经理和常务副总的名义向市政府递交了出国考察的申请。报告经过漫长“旅行”，当我们拿到苏联护照，走出国门时，苏联已经解体。这次与我们结伴同行的还有本市的亓经理和王先生。

经过三天三夜的车船劳顿，火车在一个飘着毛毛细雨的早上抵达边境小城绥芬河市，我们将从这里走出国门。现在的绥芬河市已经是个漂亮的边境城市和重要的陆路口岸。谁会想到二十多年前绥芬河市虽然叫个市，实说起来就是个土镇子，整个市区没看到几幢像样的建筑，街道也称不上马路，坑坑洼洼，基本是土路，没有城市的排水系统，火车站就是个大房子。由于中俄双向的倒爷们大批涌入，大包小包肩扛手提，把候车室挤得水泄不通。同行的四人中除了我，其他三人都是一米八以上的大个子，亓经理个子接近一米九，是个膀大腰粗的大块头。在检票口那阵子，我那个装满服装鞋袜的大编织袋夹在人缝里动也不能动，就在这个紧要当口，亓经理大手一伸，硬是从人缝里把大包给拽出来。他双手举着两个大包，无须自己挪动脚步，是拥挤的人流把我们挤出了检票口。回过头看看，大家都在忙不迭地擦拭着脸上的汗珠，会意地咧着嘴笑了——过关了。

火车咣当咣当地在山林之间穿越，山连着山，水连着水，这里的自然景观和关内一模一样，引起我无尽的遐想。火车到达乌里扬诺夫车站，我们将在此换乘出租车，前往符拉迪沃斯托克，也就是我们老辈人曾经在那里住居和繁衍生息的海参崴。车子冒雨在泥泞的土路上颠簸了两个多小时，车速很快，车轮下飞溅起的水花被远远抛向后方，事后想起来还真有点后怕。下午五点，到了远东大学校门外。异国他乡举目无亲，唯独能帮上忙的是曾在山东大学留过学的安娜，这是出国前朋友介绍的。见面后稍作寒暄，安娜热情地把我们领进家里，她说："你们从山东来，我很高兴为你们服务，我热爱山东，但非常抱歉这里旅馆很少，我家房子又不大，只能安排你们在附近一户住民家。"我们一再表示理解和感谢。我看出安娜是个诚实的人，和父亲住在一起，房子是一楼，类似国内两室一厅一卫的格局，客厅有十几平方米，有个不大的院子，总的建筑面积超不了一百平方米。

我和王先生两人住进了异国他乡一个陌生人家，才坐下不一会，女主人过来说室内不能吸烟，要吸烟请到阳台上。室内除了一个电灯泡，再没看到别的家电。当两人都说有些疲惫，准备早早休息时，女主人又进来，邀我们到隔壁房间喝酒，说今天是她丈夫的生日。

我们高兴地准备了礼物，一瓶烟台产白兰地、口香糖、方便面、四川榨菜等，来到了隔壁。这里是厨房和餐厅，方形的餐桌上放了几样菜，有蒜苗、生菜和两个小碟，一碟是细盐，一碟是面酱，最好的是一盘罐头鱼。两个男孩，大的不过十岁，小的七八岁，小家伙看到方便面很高兴，冲泡后端起碗离开餐桌。我俩同男主人坐下来，用蹩脚的俄语与之交谈，并给他斟满一杯白兰地，祝他生日快乐。这杯子有二两，他真的一口干了。王先生也敬了一杯，他又干了，随即打开了话匣子。交谈中知道他叫萨廖沙，乌克兰人，职校毕业，是个木工。妻子是俄罗斯人，小学英语教师。他向往中国，说中国的改革开放很好，中国人富起来了。不一会工夫，一斤半的酒瓶下去了一半，萨廖沙操起吉他，我们用不同语言伴着同一个曲子，一起唱起《莫斯科郊外的晚上》《喀秋莎》《红莓花儿开》，还唱了古巴歌曲《美丽的哈瓦那》、南斯拉夫歌曲《深深的海洋》等。女主人始终没上桌，在炉灶那边忙活，看我们又喝又唱，乐得直抿着嘴笑。

一瓶酒喝完了，兴奋劲都起来了，搜肠刮肚，把会唱的、半会不会的都唱了个遍，连那些捕风捉影能哼哼在一起的也哼完了。疲劳和醉意慢慢袭来，道一声，晚安，明天见。不一会工夫，我第一次在异国的夜晚做起了家乡的梦。

话说“假的”

一提到假的，不少人都会联想到二十世纪八十年代大街小巷贴满了办证的小广告，假身份证、假户口、假文凭、假学历应运而生。高小或者初中没读完的办一个假学历成了大学生。自古撑死大胆的饿死小胆的，这些大胆的就凭一张假文凭、假学历堂而皇之成了“高级人才”。那段时期，市场上不少假烟、假酒、假名牌，什么假的都有。当时有个段子说，什么都值得怀疑，都可能是假的，儿子闺女都可能是假的，老婆也可以是假的，就是外甥是真的。

振华商厦门前那条街从东到西几百米是烟台最繁华的自由市场，各种地摊货琳琅满目，从天上到地下，古今中外什么都有，金银珠宝，古董玩物，服装鞋帽，交易繁忙。我在这里看中了一双旅游鞋，外观很大方，试穿一下走了几步，还蛮舒适的，一股时髦感油然而生。买回后天天穿着，但好景不长，得意了不足一个礼拜，这鞋“原形毕露”。一天，我到百货大楼逛荡，突然感到右脚的鞋子前面张起了大口，脚一抬，前面的鞋底就吊着，丢人！赶快拖着右脚仓皇逃离，这牛皮纸做的假旅游鞋给我造成的尴尬永生不忘！

说起假的那三天三夜也说不完，假的没有好东西，不过近一年来我对假的有了新悟，假的也不是百分之百都不好，就如同金无足赤一样。本人年事已高，有几颗牙齿松动，左右晃荡，咬东西就痛，害得我守着苹果不能吃，吃什么都专找软的下手。去年秋天，几颗不能再挽留的老牙服役期超过八十年光荣下岗，牙医给我精心安装上义齿，不管它怎么精致也还是假的。一年来，我和假牙配合默契，食谱扩大了，煎饼可以吃了，苹果、花生、萝卜都能吃了。琢磨来琢磨去，不是假的都不好，就说这假牙，还真找不出说它不好的理由。

房客“马大哈”

我的朋友近日向我讲述了一个真实的故事，她在第一国际新区的一套住房自装修后对外出租，十几年来房客如走马灯一样，换了一个又一个，今年冬天迎来了第九组房客，是一对七十多岁的老夫妻。

新年前烟台下了一场大雪，气温骤降，一天房客的儿子来电话，说他父母讲室内温度只有十七八摄氏度，冻得受不了。房东诧异，十几年了从没有人反映过这样的问题，于是请物业水暖工张师傅登门查个究竟。不看不知道，一看哈哈笑。“你在装修时把冷暖水管接反了，怎么能暖和？就这个温度还是沾了上下楼层的光。”

问题的根源找到了，老人反映的问题解决了，儿子接父母来过冬暖和暖和享享福的愿望也兑现了。此时，我却为那些年轻的房客感到惋惜。那些来自四面八方的男男女女，为理想为追梦背井离乡，闯荡社会，为生活拼搏，出门不见太阳，归来繁星满天，吃口热饭，有个安乐窝，哪怕是临时的也不容易了，谁还顾得上温度达不达标？冤枉啊！年轻的房客，每个冬天一千七百多元的取暖费都白交了。我不得不说年轻的房客，你们也太“马大哈”了吧！

看中国的金字塔

二〇〇七年九月下旬，我已年过七十岁，一个早就忘却的梦又浮现在眼前。那是二十世纪八十年代初某一期《人民画报》的一组《中国的金字塔》图片引起了我的兴趣。读初中时，历史课本上有世界奇迹埃及金字塔，我萌生了一个亲眼看看的想法。过去快六十年了，鉴于我的年龄和多方条件，亲眼看到埃及的金字塔这辈子可能就停留在梦中了。既然埃及的看不成，那就看看中国的金字塔，也算圆了这个梦吧。

走出银川东区的银川车站已是下午三点多钟，辗转来到南门广场找个宾馆住下，立马花一元车费乘一路公交车到达终点站。这里已是郊区，离西夏王陵还有几里路程。好不容易等到一辆出租车，司机是山东菏泽人，没打计程表，到达园区大门口收费十元。这里出租车很少，商定让他等我一会，回程再乘他的车。

老年人免收门票，只收五元的电瓶车费用，十几分钟便到陵区。迎面是一座高大的石碑，乍看似是熟悉的汉字，细看傻眼了，一个也不认识。所谓金字塔就是西夏王朝的坟墓，是用黄土夯成的锥形的土堆，类似一座座佛塔，这也许就是“中国金字塔”的由来。天色不知不觉地变暗，整个陵区就我一个游客，心里不免有些发毛。匆匆离开，直奔展览馆，赶在关门前大体浏览了一遍，对西夏王朝有了整体的认识。走出展厅，请园区工作人员给我拍照留念。千里迢迢来看一次“中国金字塔”，我的梦圆了，抑或是破了，连我自己也说不清。

忆七十年前的母校

我的母校日照市岚山区巨峰镇中心小学，前身是一九五〇年成立的巨峰区完全小学。这一年巨峰小学第一次招收高小生，所以叫“完全小学”。我是一九五一年正月通过考试录取入学的。学校主体在巨峰四村，十几间平房是巨峰街一至四年级学生的教室，教室前面有个小操场，没有院墙，东面有一排厢房是老师的办公用房，最南头的一间有个烧水的炉子，供师生喝水。五、六年级的教室在街里的一处门朝东的民宅里，里面三间正房是六年级的教室，五年级的教室是临街的三间“两来门”房子，中间是条过道，上课时两边的门临时关上，采光全靠临街的两个纸糊的窗子。

六年级二十来个学生，能记得的有巨峰街上的邢作福和梁启云，大岭的韩立群，柳古庄的王均存。他们一九五一年底毕业。五年级也有二十来个学生。巨峰街只有四村的丁明坤，贾桃园的最多，有贾原庆、贾维芬、贾维年、贾原祯、贾进原和厉建英六人。其次是相家楼的相英昌、相明昌、葛为萍和我。莲花峪有王玉祥、王凤顺。还有大坡的梁作山，崖头的韩邦兴，纪家沟的马新录，官家糊的孙方立，黄埠子的刘忠贤（女），郭家庄子的郭建津。可能还有我不记得的。同学年龄相差较大，多是十七八岁的小伙子和大姑娘。贾桃园的学生走读，其他的可投亲靠友。我和葛为萍、王玉祥、王凤顺无亲可投，学校安排住宿。上半年住在一户姓黄的老师家，下半年住在同学丁明坤家。吃饭是自带煎饼，学校免费供应开水。能记得名字的老师有宋义三、时百楼和教音乐的女老师傅承云。课程有语文、算数、常识、音乐和劳作。

不知什么原因，一九五二年春节开学后六年级和新招收的五年级搬迁到贾桃园村。六年级在村东头孤零零的一处院子里，此时簸箕口子有十几个学生也被合并到这里。能记得的有丁履墨、丁原平、丁原怀、薄怀庆、薄自伦、薄自美、纪开敬、张传林、张传夏等。这一年，日照中学由春季招生改为秋季招生，我的六年级只读了半年，六月底拿到了巨峰区完全小学毕业文凭。

七十年了，我的母校巨峰镇中心小学永远在我的心中。

为鸡蛋说句公道话

曾几何时，祖祖辈辈被大人、孩子喜欢的鸡蛋被一些养生专家操弄成了“麻烦制造者”，把鸡蛋特别是蛋黄和“三高”扯在一起，害得特别重视养生的人错误地把鸡蛋当成“三高”的元凶，忘记了当年生孩子、坐月子必吃鸡蛋、喝小米粥的事。我曾遇到一位朋友，她几乎是悲伤无奈地对我诉说她已两年多没吃鸡蛋的苦恼，她说，血脂高、胆固醇高，不敢吃。我告诉她，鸡蛋是适合人类的补品，有丰富的蛋白质，让她今后放心地吃。她问我，吃多少合适。我说，一个少点，两个不多。大约过了一年，再次见到她，七十多岁的人面色红扑扑的，脸上长肉了。我问她：“你吃没吃鸡蛋，血脂是不是更高了?”她似乎不好意思地用手挡着嘴哈哈笑起来。

鸡蛋黄这几年受的委屈最大，原本富含的卵磷脂、卵黄素等营养神经、健脑益智的宝贝被人嫌。一次在日照雅禾大酒店早餐，同桌的两个年轻人看服饰面容不像大腕，也不像富家子弟。没想到，其中一人“养生保健”的意识比老年人都强，他打开两个鸡蛋，吃下大部分蛋白，把两个金黄色的蛋黄扔在满是残羹剩菜的盘子里。我想这个年轻人也被养生专家洗了脑。

对鸡蛋的种种误解和错误认识，应当“拨乱反正”，还鸡蛋一个清白！

羊怎么跑到猪圈里的故事

七十三年前的一九五〇年元旦过后，巨峰区政府在巨峰小学挂出了一块一米多高的木牌子，上书巨峰区完全小学，标志着巨峰区的教育登上一个新台阶。第一届和第二届招生都是二十多人，我是一九五一年正月十六日入学，属第二届学生。巨峰街和贾桃园的学生都是走读，其他学生的住宿由校方统一安排或投亲靠友。我和葛为萍、王玉祥、王凤顺四人被安排在一家黄姓人家，男主人是个小学老师，在外地教学，从未见过面。女主人年近三十，带一个六七岁还没念书的女孩过日子。我们住在堂屋的东间，窗外是个空闲的猪圈，院子里还有一头黑色的山羊，有时拴着，有时满院子溜达。

学生自带煎饼，每个周六下午回家，周日返校。学校里有个水炉免费供应开水。从学生带回的煎饼看，有麦子的，有高粱的，也有地瓜面的，不管是什么样的，那个年代能够拿出煎饼的家庭就是好样的。学生带回的咸菜也有明显差别，我家条件较好，往往带些咸鱼、炸酱之类，有个别同学连咸菜疙瘩都没有，吃饭时用几个油炸过的大咸盐粒放在碗里开水一冲，就着煎饼边吃边喝就是一顿饭。我的嘴角时不时地长满口疮，不敢张口，硬巴巴的煎饼触到嘴角不仅仅是痛，有时还会出血，那个年代又有谁知道其中的原因？

长年吃不到蔬菜，一天除了三顿饭再也喝不上一口水，现在回想起来这种日子过得除了艰苦，也有可笑之处。一天早晨，我们还没起床，房东家的小女孩不知在猪圈里发现了什么，惊奇地招呼："娘，羊怎么跑到猪圈里了？"我和葛为萍不约而同地用手紧紧捂着嘴笑了，这真是言者无心听者有意，昨天半夜里我们二人曾钻进猪圈方便过。

一张中药处方的警示

二十世纪七十年代末的一个初冬的下午，传达室老赵师傅电话打到卫生局说，接访室来了个人。

来访者三十出头，情绪激动，他一口咬定他的哥哥被医院药死了，边说边把一张处方递给我。他说昨天他哥哥因肚子疼到医院看病，开了三副草药，晚上吃了一副就药死了。人命关天，在认真听取诉说的同时，我端详着这个处方，是传统的中药驱蛔汤。我立马提高了警惕，病人的死因背后肯定会有更复杂的问题。由此联想到病人可能是胆道蛔虫，在当时这是农村最常见的疾病，这副药有病可治病，没有病吃了也不至于药死人。我问他哥尸体在何处，他说在殡仪馆。我说怀疑他哥的死另有原因，尸体不能火化。我电话打到公安局说明情况，请他们通知殡仪馆保护好尸体，并答应从毓璜顶医院派外科徐文献主任配合法医查明死亡原因。与此同时，我电话打到某县卫生局，请他们通知某公社卫生院速派当事医生到地区卫生局来汇报。

冬季天短，过了两个多小时，天快黑了，一位五十多岁的医生气喘吁吁地来到面前，他是骑了四五十里路自行车赶到的，脸上的汗水吧嗒吧嗒往下流。他姓贺，是一位当地颇有信誉的中医。我把处方递给他看，他承认处方是他开的，说是病人家属大闹医院后从药房索取的。那个年代，门诊病历是个小本本，由病人自己保管。但他清楚记得当时病人的症状，确认病人是胆道蛔虫病。此时我明确告诉贺医生，病人的死因与处方的关系不大，基本可以排除他的责任。贺医生脸上绷紧了的肌肉一下子舒展了，连声谢谢，和我握手告别。

一个多月后，案情在当地的报纸上揭晓，死者是生产队的一名饲养员，四十来岁，是饲养牲畜的行家里手，时常以饲养室为家。他老婆与生产队的队长勾搭成奸，为了罪恶的目的，趁着熬中药时下了黑手，病人呕吐物中残留的砒霜是他们罪恶的铁证。法律还了死者的公道。

旅途纪实之一

二〇二三年三月二十一日星期二，这天我与老伴登上烟台开往广州的 K1162 次列车，拉开了这次旅行的序幕。列车在烟台九点三十一分发车，于次日上午十一点到达长沙站，历时近二十六个小时。途中孩子们打来电话，说乘这种慢车出行太辛苦，我则认为这是一种合适的选择。从经济角度看，乘坐烟台到长沙的软卧下铺与乘坐烟台到长沙的机票或高铁费用不相上下。旅行嘛，我喜欢慢慢悠悠饱览一下沿途的山山水水、农舍里冒出的缕缕炊烟和展现在眼前的植物王国的缤纷天地。累了就躺在铺上休息，谈不上辛苦。

这是一条从未走过的路，列车从烟台出发，过了胶州站就南下，途经诸城、五莲、临沂，直奔陇海线，不再绕道济南。出了烟台市区，铁路两旁不管是柳树、杨树，还是满山遍野的苹果树，都还沉浸在黎明前的睡梦中，看不出星点绿色模样。一块块飞驰而过的麦田，睡了一冬的麦苗还是匍匐在地上。

列车过了莱阳，转眼到了胶州，相隔两个小时的路程，铁路两侧麦苗开始返青，农舍前后的桃花、杏花含苞待放。再到莒县、临沂，桃花、杏花满园芬芳，春天真的来了，比烟台提前了十几天。

出了临沂就到新沂，列车转头奔上陇海线。这里又是一番景象，水多了绿了，田野更青了。大运河过了，碾庄过了，徐州快到了，此时我思路突然大转弯，想到了童年时战火纷飞的淮海战役，想到了电视剧《大决战》……

列车徐徐离开徐州站，告别了华灯的辉煌，远处的灯火不停地闪烁，我的双眼越来越不给力，一天的行程催我驶入了梦乡。

旅途纪实之二

长沙是这次旅途的第一站，三月二十二日中午入住丽枫酒店(市政府店)。这是一座美丽的城市，市区供观赏的景点较多，如岳麓书院、橘子洲头、湖南博物院、清水塘、爱晚亭等。我们下午三点出发，首选橘子洲头。担心语言表达不清楚，我把事先准备好的纸条递给出租车师傅。年轻的师傅看过纸条，再抬头端详了我，态度极其真诚地说："大叔，到橘子洲头下车后还有很长的一段路要走，我把你们送到附近的地铁站，你们坐地铁可以直达橘子洲头。"我连连感谢了师傅的美意。

我和老伴走进地铁金星站，询问去橘子洲头的票怎么买。一个年轻的小姑娘热情地告诉我，老年人不用买票，并说我们这么大年纪了，出门千万注意安全。她极其负责地告诉安保，让他送我和老伴去橘子洲头。

我乘坐地铁的机会不多，免票更是头一次。安保小肖搀扶着我上车并护送了三站，下车后又直送到橘子洲头电瓶车售票口。长沙市如此重视关爱老年人令我出乎意外，也不是用"感动"二字能表达的。当时我心里想，萍水相逢，就是一个"老"字，受到如此关怀，就自侃成了大熊猫，被保护起来了。

游览橘子洲头，瞻仰毛主席的雕像，咏颂《沁园春·长沙》，圆了夙愿，如同梦中醒来。

旅途纪实之三——“时髦”遭遇尴尬

我和老伴的年龄加在一起正好一百七十岁，趁着身体尚好，抓紧时机到处走走转转已是时不我待的事儿。信息化时代出门必备两件物品，即手机和身份证。得益于我选择了与时俱进的养老态度，时代没有抛弃我。凭借一部手机，出门的机票、火车票和宾馆都能借助网络提前预订。

往常出门下了飞机或出了车站，都是排队打出租车，且自知普通话说得不地道，都是提前写个小纸条交给出租车师傅。这次出门我想赶个“时髦”，出发前不但预订了宾馆，还约定了接站。儿子对我这个“时髦”举动表示支持，并说早就该这么做了。

早就该这么做了？休矣！这么做第一次就遭遇尴尬。三月二十二日在长沙站，预约的湖南师傅的普通话和我讲的普通话就是“话”不到一起，他无法确定我所在的位置。无奈我把手机交给一位年轻的旅客做翻译，才和师傅接上头见了面。第二次是在西双版纳车站，按说这是个小站，就一个大门出口，不该再次遭遇尴尬。可偏偏接站的司机师傅是个普洱人，还是个少数民族同胞，他听不懂我的山东“普通话”，电话打了十几遍，就是找不到我所在的位置。幸亏车站一个女工作人员替我接了电话，她说两个老人，一个穿蓝色上衣，一个穿红色上衣。好，好，司机师傅爽快地回答。可笑不，司机师傅和我的距离不足十米。

人贵有自知之明，这两次“时髦”我算服了。在一个人生地不熟的地方，普通话说不好，不能准确描述自己所在的位置，预约车不如老老实实排队打出租车，除非你把普通话练好。

幸福的晚年

爷爷的头发升值啦

一个不争的事实是，这老年人的头发随年龄增长，一年比一年少，白的却一年比一年多。环顾左邻右舍与我年龄差不多的人，有的头是光光的，长年不用理发，省钱了。有的头剩下几绺毛，不舍得剪，长年留着，盘在头上，这叫有毛不算秃。我算是好样的，芦花般的头发还能遮住大半个脑袋。老年人的头发还有一个现象是，生长速度越来越慢。年轻人一般是一个月左右理一次发，老年人往往要一个多月，到了冬天甚至两个月理一次。

今年春节我到北京过，临行前想理理发，可我算了算距上次理发刚满一个月，用手摸了摸还很短，不值得去理。那就等等吧，留着还暖和，反正戴帽子，也无碍面子。这头发算是沾光了，跟着过了个年。

元宵节过后，我算了一下，满一个半月了，用手摸摸后脑勺，该理发了。某日，我在富丽宫附近溜达，见一美发店内只有一男一女两名顾客，里面有好几个空座，便进去了。一服务生让我坐下并问想喝点什么，我说谢谢，不用。几分钟后，那服务生说，先洗洗头吧，我说好。我随他进了里间，在那椅子上躺下。服务生手握一瓶洗发剂，在我头上喷了几下后说，这里理发价格有一百、一百一、一百二……我心里咯噔一下，怎么这么贵？以前就是五块十块的。继而又想，这头上已经喷了水，我要再说不理，那也太掉价了。估计兜里还有几百块钱，于是我底气十足地说，行，别超过一百就行。说句心里话，就我这几根头发，花钱再多也就那么回事。

十几分钟过去了，不能说理发手艺平平，只怪我头发太少，摆弄来摆弄去，就是造不出个型来，没尝到那份美的喜悦，白白浪费了师傅的高超技艺。结账时，收款员说一百一十元，打八折，收八十八元。我边把找回的钱往兜里装边想，这一次能顶一年的。

我把这次理发的事当个小故事说给家里人听，媳妇说那是叫人宰了，老伴怕我上火，说宰就宰吧，不就这么一次嘛。正在里屋写作业的小孙女赶过来说，这不是宰，是那个美发店就是这么个价，爷爷的头发升值啦！惹得大家哈哈大笑。

喀什我目睹了你

在新疆有句广告用语叫“不到喀什，就不能说到了新疆”，十年前我到过乌鲁木齐、吐鲁番、天山等地，就是没到喀什，心中难免留下一点遗憾。时隔十年，我和老伴再次到新疆，网上提前买了机票，在乌鲁木齐下机后就住在机场酒店，第二天直奔喀什，绝不再留遗憾。经过两个多小时的飞行，飞机降落时已是下午四点多，这里依然烈日当头，紫外线让人躲避不及，走出机场不一会儿就汗流浃背。

喀什是维吾尔族集中聚居的边境城市，维吾尔族占百分之九十以上。这里的男女老少都能用普通话回答你在交易时提出的问题，和年轻人即使做深度交流，语言上也不存在障碍。

喀什城市不大，商业气息较强，市区的大清真寺周围比较繁华，店铺鳞次栉比，独具特色的民族服饰琳琅满目，有帽子专卖店、鞋子专卖店、五颜六色的纱巾铜器专卖店等。大巴扎是游人必去的地方，类似内地的大型批发市场，街道纵横交错，各个店铺凸显自己的特色，交易繁忙，生意辐射到西亚乃至中东。喀什古城具有浓厚的西域特色，古老建筑保存比较完好，街道不算宽，但修饰一新，干净整齐。市区乘公交车出行方便，出租车招手就来，起步价五元。各景点之间基本上是在起步价的范围内，感觉便宜。想吃手抓羊肉、大盘鸡、手抓饭什么的，在这里都能吃上正宗的，价格你不会说贵。

喀什我来了，新疆我真的到了。

千里之外的亲情

我和老伴近日到新疆阿勒泰旅游，入住北屯宾馆，原计划在当地随团游览喀纳斯湖，因为我年逾八旬的老伴比我也小不了几岁，身边又没有子女陪伴，说破了嘴人家也不接受。每个行业都有自己的行规，旅行社的拒绝我理解，不能因我而破了规矩。一位女业务员还是很热情地为我们介绍公司一位刘姓师傅，让我们包车自由行。我在大堂等候不久，一位小伙进门便直朝我喊爷爷，颇有原本就很熟悉的样子。小伙子叫刘磐，是个有心人，说是过来和我落实一下第二天的行程，实则是根据这两个老人的身体状况判断是否揽这个活，当然也包括协商旅游路线、景点、费用的问题。我“面试”合格并约定第二天一早出发，游完协议中的几个景点，当晚返回宾馆。

小刘开了一辆现代牌轿车，看起来比较新，也很干净，驾驶技术不错。遇到坑坑洼洼的路段他总是小心翼翼，尽量减少颠簸，还不时地对路两侧的景物做介绍。整整一天，我们按计划游了布尔津、喀纳斯湖等景点，傍晚平安回到了宾馆，并约定第二天下午两点从宾馆出发去火车站。

第二天，我结完了宾馆的账，小刘也准时到了宾馆。他说昨天他回到家里和他父母说起两个山东老人租车的事，他父母叫他把两位老人接到家里见见面，他还说："爷爷你的车票是晚上七点四十，你这会儿就去车站要等五个多小时，太累了。"我想，是啊，在车站等五个多小时不能说不累，就索性接受了小刘的安排。

小刘的家在市中心一条主干道旁的一楼，临街是一个烟酒糖茶门市，铺面有五六十平方米，摆布合理整齐，看起来主人是个善于管理的人。里面是接待室，小刘的妈妈以茶水和水果热情接待了我们，并打电话把在班上的老刘叫回来。真是缘分，老刘籍贯山东曹县，操一口浓浓的乡音，老伴原籍广东，女姊妹四个中三个嫁给了山东人。话越说越多，感情越说越近，老刘说他要再回到班上，一会儿回来请我们吃饭，那股热情和真挚使我干脆地说："那好，我等你回来。"

一个颇具新疆特色的火锅配上几个炒菜，热气腾腾，和这个热情好客的家庭，使我胃口大增，喝着乌苏牌的小酒，如同久违的老朋友重逢，浓浓的乡情让人流连忘返，连已怀孕的儿媳妇也以水代酒劝我多喝了一杯。席间小刘的妈妈说："希望你们再来，下一次来我们就是亲戚了，就住在家里。"

饭后一家三口决意为我们送站，并送给我两大袋子蒙古产的奶茶。老刘替我拉着旅游箱，小刘的妈妈替我背起双肩包，小刘先前曾在车站打过工，人脸熟，走在前面向安检人员介绍，这是他爸爸妈妈，这是老家来的爷爷奶奶，复杂的安检很快通过。北屯站是个小站，没有电梯，从检票口到站台要爬两回坡度较大的楼梯，如果没有他们送行，我可要流汗不少。一家三口登上了车厢，安顿了我们的行李，列车即将启动，他们才恋恋不舍地走下车厢，跑到车窗外和我们招手喊话。列车徐徐启动，车窗内外面面相视，一股强劲的热流涌上心头，是友情、乡情，更像是亲情。

十年之后再看银川

因在银川转机需要等五六个小时，利用这个机会重游了一次银川。上一次到银川是十年以前的事了，那次我是被“忽悠”来的。起因是读初中时脑海里就种下的“金字塔梦”，不过就是瞎想想而已。二十世纪八十年代中期，《人民画报》刊发了一组彩色照片，介绍中国的金字塔——银川西夏王陵，我想亲眼看看埃及的金字塔基本上是个不可能实现的梦，能看看中国的金字塔也算是圆了我的“金字塔梦”。

到银川就是冲着金字塔来的，对银川的市容和其他旅游景点只是浮光掠影看了一下。印象中银川是个不大的内陆城市，东城区的建设刚刚起步，老城区老房子、小房子多，看不到一般省会城市的那些高楼大厦。改革开放的春风刚刚吹到塞外。

记忆最清晰的是有个城楼，这次知道了，它是南门广场，属银川的地标性建筑。新老城区之间有座“烟台桥”，看过后有些亲切感。

从南门广场附近乘一路公交车花一元钱到终点站下车，再打出租车花十元到了西夏王陵的大门外，老人免门票，便花五元钱乘电瓶车直达园内的金字塔，因天色已晚，游人屈指可数，我享受的是专车待遇。尽管这个金字塔没有想象中的那样雄伟，是由黄土夯打而成的，我却也从“金字塔梦”中醒来。（后话，五年前我的埃及金字塔梦实现了。）

这次再看银川，包乘一辆出租车游览市区主要景点。杨师傅边开车边解说，南门广场、玉皇阁、银川鼓楼、大会堂等，并按时把我送回机场，只收了一百六十元。这次恰逢宁夏回族自治区成立六十周年，银川呈现在一片欢腾的气氛中，城市快速扩张，一座座高楼拔地而起，大街上上车水马龙，人潮涌动，银川已迈进了现代化城市的行列。

在美国过端午节

我过了七十多个端午节，最热闹的当数在美国过的那个。

那是二十世纪九十年代，我和老伴到美国参加儿子的毕业典礼。我们住在哈佛大学的公寓楼里，这里与哈佛大学商学院隔河相望，与查理斯河畔只有一条马路相隔。

一天上午，九点多钟，我正在房间里翻看刚刚买回的中文报纸，听到外面锣鼓喧天，人声鼎沸。一阵阵吭哧吭哧的号子声，此起彼伏。我和老伴赶紧下楼，看个热闹。

河面上，七八条龙舟逆流而上，小伙子个个挥动着臂膀，原本平静的水面涌起滚滚白浪，浪花被飞速地抛到后面。岸边拥挤的人群伸着脖子，扯起嗓子，呐喊助威。这是一年一度的端午节龙舟赛。今年的端午节，适逢星期日，观看龙舟赛的人特别多，不光是华人，也有碧眼金发的欧美女郎、黑人、蓄着大胡子的阿拉伯人等。与几个华人交谈才得知，不仅是波士顿的华人参加这个比赛，周围好些地方的华人也来参加，有的乘火车，有的自驾车，一大早就动身，花两三个小时才赶来。

河岸边和临时封锁的马路成了这次活动的阵地。临时搭起的舞台下，坐满了观众。台上表演京剧、越剧、评弹、相声，台下一阵阵喝彩和掌声。凉棚下，一排排长条桌子上，摆放了笔墨、水彩，还有专供写毛笔字、画水墨画的元书纸。游人可随便画、随便写，都是免费的，这些都是华人社团提供的。国内来的书法家，在这里都能露一手，我就请江苏涟水来的一位先生写了几个大字。

端午节，当然要吃粽子。像国内南方那样，这次活动粽子品种较多。有加了果脯的，还有加了腊肉的。不过，这些都是有偿服务了。

快到十二点了，马路恢复了交通，举办此次活动的人员开始忙活了，带着兴奋和满足的人们，老朋友、新朋友，恋恋不舍地陆续离去。人们挥动着手臂，再见，拜拜，再见，拜拜。

一夜跨四季，南北两半球

昨天下午，也就是七月十三日下午，我还在新西兰北岛的罗托鲁拉市。那里正值冬天，按时令说，也是一年中最冷的时候。从纬度上看，那里在南纬三十七八度，应是天寒地冻。但由于是温暖的海洋性气候，当天最低气温是八摄氏度，遍地绿草茵茵，到处是盛开的月季花、扶桑花和大朵大朵的茶花。当地人穿着更是五花八门，有点像咱说的“二八月里乱穿衣”。他们说，这里一年没四季，一天有四季。就是一年中没有明显的春夏秋冬之分，但一天中，天气变化较大。早晚两头天气冷一些，九十点钟就热起来。大街上不乏穿短裤，光着脚丫穿着拖鞋的人。我们这些“老外”不抗冻，多是穿毛衣和外套，有的连毛裤也穿上了。

人们常戏说旅游的人，起得比鸡早，睡得比狗晚，跑起来比兔子还要快。这还真言中了。我们为了赶晚上十点由奥克兰飞往广州的航班，那真是马不停蹄。在离开这美丽的城市之前，我又一次朝北方望去，太阳就要落山了。在这里，按植被和气温，很难感到是冬天，但看看太阳，四点半天就黑了，五点路灯准时亮了，确确实实让人感到了置身于冬季。

当地时间晚上十点，南方航空公司的航班起飞了，仅仅隔了十二个小时，飞机在广州白云机场降落了。老伴向外望去，略带惊喜地说，你看外面也都是绿的，然后又像发现了什么似的自语道，哦，这里是夏天。走出机场前，我把衣服全部更换了一遍，用毛巾擦擦满脸的汗水，扬起头看看。啊，到家啦，太阳又回到南方来了。

感受毛利文化

毛利人是新西兰的原住民，现有人口六十多万，占新西兰人口总数的百分之十七，是这个国家的第二大种族。这次到新西兰旅游，导游特地安排我们到了毛利人聚居的罗托鲁阿，近距离接触了毛利人，对这个民族有了实际了解，原来对毛利人的那种神秘感便不复存在。

毛利人，按人种分类，属蒙古利亚人种南岛支，就脸形、眼神、头发看，和我们中国人有某些相同之处，他们的祖先原本生活在波利尼西亚，后来乘独木舟，漂洋过海来到这里。毛利人有自己的语言，但没有文字。这个民族的古老历史和故事，是通过口头，一代代传下来的。毛利人的雕刻有很高的艺术价值，毛利文化已成为整个新西兰文化的重要组成部分。毛利人的歌舞，是旅游者必看的重要选项。表演者多为体态健壮、威武彪悍的男性，裸着上身，穿着短裤，打着赤脚。他们挥舞着棍棒，表现勇敢善战、顽强杀敌或对友人的欢迎，都是通过肢体语言。他们一边跳，一边呐喊，或用力跺脚，很是威武动人，有时还真有点惊心动魄。女性则半裸着上身，穿短裙，头上佩戴羽毛，手里舞动着小球，配合男性大声呐喊，为勇士助威。表演时台上台下可互动，几个游客到台上参与表演，很是活泼热闹。

毛利人对游客很友善，他们对朋友的传统见面礼是碰鼻子。观看表演时，我坐在头排中间，可能鼓掌多了，有个大汉走下台来，我搞不清是什么意思，赶紧站起来和他握手，他笑了笑又回到台上。

人性化服务

我到澳大利亚旅游，在黄金海岸市看到，海岸边到处都有种简易设备——地上是一张网似的垫子，一根竖立的柱子上，安着几个自来水龙头。那里，面对的是南太平洋。瓦蓝瓦蓝的海水，卷起层层雪白的浪花，非常漂亮。游人挽起裤腿到大海里戏水，到细软的沙滩上走走，回到路边，就地用自来水冲冲脚上的沙子，非常方便，不收分文。

我们总说要普及人性化服务，多少年了，还没看到有哪个海滨提供这种方便（兴许是我到过的海滨太少）。我住在海边，时常看到，外地游客来到大海边，特别是初次看到大海的人，都很兴奋。或嬉戏海水，或漫步沙滩，待回到岸上，犯难了。脚上的沙子扑落不掉，海水又涩，很不好受。当地人会有所准备，用矿泉水瓶子装点自来水，冲一下。

我们，能否在这些细微之处，也做点实事？

活到老学到老——学电脑一周年新悟

有句老话叫“活到老学到老”，这话我从当小学生时就听老师多次讲过。那时的理解是老师在鼓励学生，要好好学习。到中学阶段，知道了什么是理想，对这句话的理解是不懈地学，一定要考上大学，有报效国家的意愿，更有学好了找份好工作，改变自己贫困命运的迫切欲望。

在艰苦的煎熬中度过了小学、中学，直到大学毕业，当上了医生，相比来讲，生活是不错的。年轻时，学习的第一个目标算是实现了。医学是一门存在诸多未知数的学科，也是瞬息变化发展很快的学科。同一个疾病的发病原因、机理、诊断手段、治疗方法都在不停地变化，所以要做一个合格的医生，一辈子都离不开书本，有学不完的知识。

医生这支队伍，等级意识很强，直到二十世纪末，还分医士、医师、主治医师、副主任医师和主任医师五个层次（现今无医士）。大学本科毕业后，即使你不停地学习，且排除某些因素干扰，熬到主治医师，顺顺利利的也得六七年甚至七八年。改革开放以来，到二十世纪八十年代中期，职称改革全面铺开，医生看到了希望，有了奔头，但晋升的难度也不小。晋升主治、副高、正高除了写论文，还要考外语。为了应试，人们重新找出放弃十多年的外语，废寝忘食，突击学习。

退休，是人生最大的转折，一切都往后使劲了。终于有时间了，看看自己喜欢的报刊，看看连续剧，生活丰富多彩，充实多了。

二十世纪末是信息化高速发展的年代，电脑普及到每个家庭，连幼儿园的孩子都用起了电脑。有人说，现在不会电脑就好比以前的文盲。我则想，文盲就文盲吧，反正已是奔八十的人啦。为了小孙女的学习，我给她买了笔记本电脑，只看着孙女用，可我没动过。直到去年的四月八日，我终于想玩玩电脑，写写我心里想说的东西。

我没学过汉语拼音，普通话又说得不标准，打开电脑，两眼看不过来二十六个字母，只能用一根指头半天找一个字母。更大的困难是发音不准，往往一个字母要试好几次。有些字现查字典，因发音问题也困难重重。但决心已定，不甘心当“电脑盲”。活到老学到老，遇到难处就到楼下找邻居帮忙，深更半夜不好意思麻烦人家，就打电话找自己的侄女。过了两个月，我基本掌握了常用的电脑知识。现在，我可以自如地上网浏览新闻，查阅资料，写写博客。在电脑面前，我可算是个高小生，不再“盲”啦。多学一份本领，我的退休生活更丰富、更充实、更自信。

到了北海道，想起刘连仁

七月下旬，我应朋友邀请，随他到日本北海道观光。回国后想写点什么，但因天气炎热，迟迟没有行动，今天坐下来首先写的就是一九四四年被日本侵略者强行抓到北海道的山东高密汉子刘连仁。

北海道是日本最北边的一个岛，面积八万多平方千米，山地约占百分之六十。虽说这里山并不高，但很陡，且植被非常茂密，树木丛生，遮天蔽日，难见裸露的山体。这里人口稀少，除了城市和沿海小平原外，在茫茫林海难得见到人影。这里地处北纬四十度以上，冬季严寒漫长，大雪封路时，与外界交通几乎隔断。那山林，人迹罕至，只有滑雪爱好者造访。

就是这么个地方，日本军国主义为了弥补煤矿工人的奇缺，搞了个“移入华工方针”，在中国的土地上大肆抓捕中国人到日本做奴隶，下煤窑。六十多年前，山东高密县草泊村一个庄稼汉子刘连仁，在自家地里干活时，被日本侵略者抓走，他和其他同胞一起像牲畜一样被绑架到青岛，再用船运到了北海道。在日本军国主义者的刺刀和皮鞭下，刘连仁和同胞们过着牛马不如的非人生活，每天饿着肚子给他们挖煤，眼看着同胞们在饥饿、劳累和疾病的折磨下一个个倒下。刘连仁忍无可忍，冒着九死一生的危险，毅然逃出牢笼，躲进了深山老林，过着与世隔绝的苦难日子。他凭着对敌人的仇恨，对家乡、亲人的思念和盼望回到祖国的强烈信念，穴居山野十三年，过着野人般的生活，吃尽了人们难以想象的苦，遭尽了人间说不清的罪，他活了下来，创造了人类奇迹。一九五八年，在日本友人的帮助下，在旅日华侨和祖国的亲切关怀下，他回到离别十四年的家乡。

对于亲历北海道的我来说，更加理解刘连仁穴居北海道十三年是多么艰辛，多么不容易。刘连仁，我佩服你，你是英雄，是中国人不畏强暴的典范，也是日本帝国主义违反国际法残害中国人民的罪恶的铁证。二〇〇〇年九月，刘连仁离世。二〇〇一年七月，日本东京地方法院判决日本政府违反战后救济义务，应向受害人刘连仁的遗属赔偿两千万日元，日本政府拒不履行赔付。四年后，日本东京高等法院推倒了东京地方法院的判决。二〇〇七年，日本高等法院驳回了原告诉状，此后不再受理。

红海一游

约旦基本上是个内陆国家，不过有毛不算秃，它确实还有那么一点点出海口，在地图上稍不留意就会遗漏的地方，这就是红海的亚喀巴湾。导游回答我的提问，说约旦的海岸线只有二十六公里长。别小看这个巴掌大的地方，它可是约旦与世界各国进出口货物的唯一海上通道，是国家的生命线。

约旦政府视这片海域如同掌上明珠，严加保护，整个海域看不到一艘渔船，因为这个国家不允许在这里捕鱼，即使是垂钓的鱼，也要放生重回大海。我随游艇在此海面逛荡了大半天，就只看到一艘新加坡籍货轮停泊在码头，且岸上整天没有看到装卸作业。约旦国政府把这里打造成旅游胜地，岸上是一片豪华的旅游度假村。充足的阳光、湛蓝的海水和洁净的赭红色沙滩，以及特有的地中海气候，被世人瞩目。游客络绎不绝，旅游收入是约旦王国财政的主要支柱之一。游客到此一游的内容丰富多彩，坐上游艇慢慢行驶，一眼可见四个国家。从东到西依次可以看到沙特阿拉伯、约旦、以色列和埃及。陆上的楼宇、树木清晰可见，游客不失时机地举起相机、手机拍照；透过游艇的玻璃船底，游客近距离观看海底世界。由于海域环保到位，海水不闻一丝腥味，透彻的海水一眼可见海底。那也是一个繁忙的世界，形状各异、大小不同的鱼类在水下游来游去，可能是为寻找食物。一簇簇大小不一、色彩斑斓的珊瑚让游客瞪大了眼睛。最美丽的恐怕就是红珊瑚，游客发出阵阵欢呼声。

午饭就安排在游艇上，船上有个烤炉，船员就是厨师，烤羊肉串、烤鸡腿、烤鸡翅，主食是阿拉伯大饼。可能因为我对烤制食品不适应，吃得不多，不过这无意中反倒为下午的游泳提供了不少方便，因为饭后游泳我一向回避。虽然我不是很喜欢游泳，但又不想错过这个机会。别说我这八十多岁的老人，即使年轻游客重返此地下海一游的机会也不多。这就是机不可失，时不再来，“到此一游”不枉此行。海面风平浪静，手机上显示，当天的气温是十九摄氏度至三十二摄氏度。

穿上救生衣，套上救生圈，救生圈上还有一绳子系着，最后一道程序是戴上眼罩，夹住鼻孔，用嘴呼吸。我扑通一下跳进水里，可能因为不习惯用嘴呼吸，又加上喝了一口海水呛得嗓子难受，真正在海里游的时间很短，双手拽着绳子匆匆爬到船上。兴许是海水太清澈或是海水含的盐分偏低，我虽然没有用淡水冲洗就直接穿上衣服，但是没有任何不适。

在我的人生旅途中未曾想过，在这个遥远的国度，在地图上难以找到的海域，我会留下身影。

死海漂浮

六十多年前我读初中时，有门课程叫“自然地理”，其中一节讲的是湖泊，如什么是淡水湖、什么是咸水湖、什么是堰塞湖等。在讲到咸水湖时，操着江浙口音的朱老师说死海是世界上最咸的湖，也是地球上最低的湖，它比地中海的海平面还要低四百多米。他还风趣地说，死海不死，即便是投湖自杀的跳进去也死不了。此时，我虽感到了死海的神秘但也不向往。大家都明白，年过半百的朱老师也只是纸上谈兵，他没到过死海，学生也就是上课学知识，听老师讲故事。

连幻想都没敢幻想的事就在十几天前奇迹般成为现实。老年人熬到了好时代，国家强了，老百姓富了，年轻时没听说的旅游已成社会时尚，儿子调整了孝敬父母的方式，把衣食变通为旅游，通过旅行网站安排了这次行程。我随团从北京出发，乘海南航空的飞机，在夜空中飞行十多个小时到达以色列的特拉维夫国际机场，辗转来到约旦的死海边。死海地处约旦河下游，在以色列、巴勒斯坦、约旦交界处，因周边全是沙漠，气候炎热干燥，海水蒸发量大，海水盐分含量是一般海水的十倍，湖水的密度超过了人体的密度，所以人在湖水里能漂浮起来。死海名不虚传，海里没有鱼虾，岸边没有草木，有的是蓝色的盐类结晶。

整个旅游路线二十八个景点，到死海漂浮我是最兴奋的。旅游团下榻的是用法文标注的五星级宾馆，就在死海岸边。导游提醒下海时要自带一瓶淡水，以便在海水溅到眼里或灌到嘴里时立即用淡水冲洗，否则会很难受。又有从海里回到宾馆的中国游客说，海里的石头很尖锐，脚易被划破，要穿拖鞋。我采纳多方意见，带上淡水和拖鞋，在服务处领了披巾，脱下衣服，毫不犹豫地下到死海里。我小心翼翼地蹲下，慢慢朝湖面倒伏下去，装在脑子里六十多年的神秘和向往一下子展现在面前。我伸展开四肢，漂浮起来。此时，我的心境若仙若幻。不要以为沉不下去淹不死你就万事大吉，因为湖水含盐太高，成分复杂，为游客安全起见，也许还看我年龄太大，不足五分钟服务人员就把我从水中拖出。我没尝到湖水那股咸味，但感到身上黏糊糊的，好在岸上就有自来水可免费冲洗。

有句话说日有所思，夜有所梦，我压根就没敢想，因而也就不可能有梦，这次死海漂浮是一步到位。

从天而降的梦我做了，而且又在光天化日之下实现了。

游加利利海，吃烤彼得鱼

到以色列旅游，加利利海是必不可少的景点。加利利海是以色列东北部四面群山环绕的一个淡水湖，长约二十一公里、宽约十三公里，总面积一百六十六平方公里，是世界上最低的淡水湖。导游介绍以色列人用的淡水百分之七十出自加利利海。以色列人对中国游客友善热情。游客登上游船的第一项活动内容就是伴随雄壮的国歌升五星红旗，现场的气氛像点燃的烟花立马升腾，游客们不论男女老少齐刷刷地仰起脖子高声伴唱，个个脸上绽放出幸福自豪的笑容。

游船飞驰在清澈的加利利海的水面上，游客个个把脖子伸得长长的，瞪大了眼睛，捧起来相机或手机拍个不停。游船沿着离岸边不远处的地方转了一个大大的圈子，前后不足一个小时回到了码头。游客饱览了湖光山色，脸上堆起了心满意足的笑容。

午饭就安排在湖边不远处的一个四周没有完整墙壁，类似敞篷的饭店。这里属于地中海气候，夏季炎热干燥，冬季温暖湿润，虽是十一月份，还是有点热的。午饭吃的是份饭，每人一套，不完全是西餐。烤彼得鱼是这顿饭的招牌，味道鲜美，其他的菜如烤羊肉、西兰花、西红柿等与西餐无异，但主食是阿拉伯式的大饼，可见犹太文化与阿拉伯文化已相互交融。

左撇子日谈左撇子

昨天九月二日是世界左撇子日，我头一次知道世界上还有这么个节日。我就是个左撇子，小时候在家里自由自在，父母和兄弟姐妹谁也没说过我别扭，因为我的母亲就是个左撇子。

头一次被视为别扭，是我入学的第一天，那是我五岁那年的冬天，书本是竖排朝右翻的，老师看见我用左手朝右翻书，怎么看都别扭，我自已也觉得不顺劲。消息很快反馈到父母的耳朵里，母亲对我的左手采取了强制措施，每天上学出门，就用一块白布把我的左手包起来，还打了个死结。从此，我的左手受到限制，被逼无奈用右手翻书写字。老话说强扭的瓜不甜，我写了一辈子的字，真不好意思说我的字写得流利漂亮。这几年随着年龄加码，右手写字发抖，改用左手试写，也不怎么样，歪歪扭扭，不过左手似乎比右手抖得轻一点。

生活中左撇子遇到的麻烦也不少，不过习惯成自然，慢慢也就认了。小时候指甲不等长长，母亲或姐姐就给剪了。待大了自己剪，左手持剪刀，那剪刀的刃面处在反向，手一用力指甲就滑下来，剪来剪去落了个参差不齐。农村的孩子哪有不割草的，那镰刀对你真不客气，用左手持镰刀，刃面朝下，草很难割断，如果左手持镰刀刃面朝上，双手势必左右交叉，说不出的别扭，无奈我只能改用右手持镰刀。还有锯子，二十世纪七十年代住平房，一次我用锯子截树枝条，准备起火生炉子。邻居老王过来对我说："老相，我怎么看你拿锯很别扭。"原来锯木头是用左手和左脚把木头固定，用右手持锯上下拉动，锯子框架在右侧木头的断端，我用右手和右脚固定，左手持锯，框架就正面对我的脸，哪能不别扭？无奈就用左脚把锯子固定，双手把住木头，弯着腰上下拉动，木头变被动为主动，我赚了个腰酸背痛。这几年住楼房，有的门是卡锁，如果卡锁在左边且门朝里开，左手背很容易被左门框擦伤。

左撇子在总人口中占的比例约百分之十，欧美等西方国家的商人专门为左撇子开发出适用产品，如剪刀、镰刀等，国内还没见到供左撇子用的剪刀。不过现在剪指甲有指甲刀，也少见谁再去割草烧火做饭，麦子、玉米用上了收割机，城市集体供暖，在农村取暖也用上了电气或天然气，罕见家庭里还用锯锯木头，左撇子的苦衷几乎不复存在。

自学电脑六年了，从学的那天开始，手的活动回归自然，在电脑或手机上用左手拼音打字，没有干预，自由自在，左撇子和右撇子没有显著差别。

奶农老尹的生存之道

国内奶牛养殖业不景气，媒体不时报出奶农倾倒牛奶、屠杀奶牛等不良信息，业户进退两难的情况下，小区西门外每天下午四点多钟，便有一辆白色面包车停在那里。车上摆放着四个装满牛奶的不锈钢大桶和为数不多的蔬菜。与此同时，附近的大妈大爷像定时钟一样聚拢到这里，整齐地排成队，有的买一斤，有的买两斤。约计一个钟点，卖奶人清点一下大妈大爷交到小桶里的钱款（自己交款自己找零），咧着嘴捂着他那鼓鼓囊囊的钱包打道回府。天天如此，风雨无阻。

后来我们相识了，知道他姓尹，今年五十二虚岁，已有十几年的奶牛养殖经验，在业内算得上是个老把式。老尹家中喂养了二十五头奶牛，产奶的只有五头。每头牛平均日产四十多斤，好的能产九十斤。奶牛产奶期就是七八年。他说牛怕热，冬天比夏天产得多。他每天卖出二百多斤，留一部分喂养小牛，每斤三元，这样就能支撑日常开销。养牛成本算来不低，幸亏劳力是自己的，粗饲料是自己地里产的，精饲料要靠买，如豆粕、玉米、麸皮等。一头小牛出生，十五至十八个月后就能怀孕产奶，此时要提前卖掉，不然留在家里产了奶也卖不出去。过去村子周围有四五个奶贩子，收购价每斤一块五，现在进口奶多了，奶贩子没法干了，靠零售又卖不了那么多，这就出现个别业户把牛奶倒掉或是卖牛、宰牛的现象。他说理解国家的政策，进口新西兰的牛奶便宜，好多个体养殖户都被干倒了，希望国家对国内的牛奶养殖业也能在政策层面给点支持。

老尹说他的牛奶没有抗生素，即使个别时候有，也很少。小牛出生后直接吃它妈的奶，就是十几天的工夫，此后就是人工喂养，断奶后挤的奶才能卖，防止乳腺炎。一旦有炎症发烧就要喂药。老尹简直就是个半拉子兽医，他说牛的体温正常是三十七摄氏度多，是用肛表测量。体温一高牛就不爱吃料，他知道是牛病了，通常都是自己给些药治疗。光靠卖奶维持很难，奶牛生小牛也是重要的收入，一头接近两岁的奶牛能卖一万七八千元。产奶期过了的老牛要及时处理，减少成本支出，前几天刚处理一头，一千五百多斤的牛卖了一万三千元，每斤八块来钱。老尹所说的处理就是卖给屠宰场杀掉，我听了心里说不出的一股难受滋味，这和卸磨杀驴一样。

老尹把牛的粪便沤成绿色肥料，他家的庄稼不用化肥，他作为副业种的蔬菜是地地道道的好蔬菜，很抢手，不管带多少从不滞销。他说就这么倒腾，一年剩个十万八万。老尹没有正面回答我悄悄提的一个奶里是否加水的问题，他说桶里洗刷时可能控不干净，有点水也很少。也许是我多疑，看他说话时似有掩饰不全的尴尬，我附和着说，是啊，没有绝对的，金无足赤嘛。说实在的，老尹的牛奶烧开后上面那层厚厚的奶膜和香喷喷的味道还真招来不少顾客。

在国内奶牛养殖业市场不景气的大背景下，老尹不怨天尤人，采取了灵活的营销方式，并获得了如此众多的固定客户，老尹不愧是个善于动脑筋、善于经营的老把式。

戒烟，一支不动百支不要

按年龄讲，我比儿子长三十岁；按烟龄，爷俩差不多，都是二十来年。前几年看到宣传戒烟的材料，说吸一支烟能让人少活六秒还是七秒，我也没当回事，七十多岁的人啦，少活就少活吧。三年前，儿子的血压高起来了，我着急了。血压高的人，尤其是年轻人，首先要改变不良的生活习惯，要戒烟、限酒、控制饮食、加强锻炼。我和儿子商定，下决心戒烟。

说干就干，头几天是有些不好受，甚至有点坐立不安。挺过一周、两周……终于熬过来了。看到儿子戒了烟，我非常高兴，因为我太关注儿子的健康了。

一年过去了，当我再次见到儿子时，儿子的血压得到明显改善，多年的慢性咽炎也好了许多。然而由于我缺乏戒烟的决心，没过三个月又抽上了。儿子发现我无端由地下楼，问是不是下楼抽烟去了。我告诉儿子，我是怕引他再起烟瘾，不敢叫他看到。儿子说，连烟都戒不了，那还能干什么！

儿子的话对我触动很大，干什么都要有决心。我再一次戒烟，下定决心，不管什么场面、什么人，不管什么好烟、怎么诱导，就是一支不动；不管谁送烟，一条两条，就是不要。一年过去了，我成功啦！

硕果累累背后的故事

去年春天，看到邻居利用盆盆罐罐在阳台上栽培了西红柿，我也动了心，把两个闲置的花盆栽上两棵小品种的西红柿。我像呵护孩子般每天都用心地观察几遍，为它松土浇水，把洗刷豆浆机的水沤过后当肥料，这可是好肥啊！看到那翠绿的小叶一天天长大，心里油然滋生了说不清的喜悦和期盼。当小苗长到十几厘米高的时候，叶片生了蚜虫。为收获一种无农药、无化肥的西红柿，我不用灭蚜剂，而是每过一两天就用手指拿捏一遍生了蚜虫的叶子，有些叶片不知被拿捏了多少次。到了六月天，两棵西红柿枝繁叶茂，金黄色的小花开了一层又一层。我每天观察那些花絮的变化，期盼收获那一天的到来。出人意料的是，这家伙毫不念及我的良苦用心，对我的回报竟是只开花不结果。

秋天来了，花絮开得越来越少，叶子一天天枯黄，我不快地用剪刀把它从根部剪掉。忙活了大半年，落了个两手空空。

秋后室外日见寒冷，封闭的阳台内阳光充足，显得暖意融融。此时奇迹出现了，不知什么时候，那两棵残留的根，竟然萌发出粗壮的枝条，叶子绿油油的。此时，我明白了一个道理，西红柿并非是一年生植物，只要温度合适是可以越冬的，这再一次使我萌生了希望。我请来了师傅指点，听我讲述了这家伙的种种不良表现后，他一语点中了要害。首先是贪多煮不烂，枝丫过多，营养分散；二是施肥失衡，氮肥偏多，缺乏磷肥；三是浇水太频，如此一来就导致它只顾疯长蔓子，无心结果。我感谢他的指点，并按他的点拨意见认真实施。果不其然，这家伙像是激发了灵性，大冬天的竟然开了花结起果来。春节前就收获了一次，圆圆的像一串串红宝石。吃了一个，呵，甜里透着香气，味道好极了。

像是为弥补以往的过失，过了春节它就没闲着，陆陆续续都有小小的回报。进入五月，随着气温逐步攀升，一串串碧绿的宝石争先恐后地变成红宝石。收获了果实的同时，更多的是收获了喜悦。

为什么说“年味”越来越淡？

大年将至，时常听到一些议论，怎么现在的“年味”越来越淡了，不如小时候热闹。对于“年味”是不是越来越淡，是不是不热闹了，我则有自己的解读。

像我这样上了年纪的人，从记事那天起，大多数人家日子过得都很拮据，糠菜半年粮，新三年旧三年，缝缝补补又三年，是生活的真实写照。现实中，人们对童年的一些记忆，往往容易被放大，譬如小时的那座高山，现在看并不怎么高，那条大河，此时看来也不过就是普通的一条河流。那时，孩子们对年的期盼太强烈了。因平时难得吃上一次白面馍馍，过年时吃的那馍馍又白又香；平日里穿的是“接力”服，老大穿了老二穿，平白无故的哪能穿件新衣服？年，带给孩子们的东西太多太多，饺子、馍馍、鱼、肉等，但凡能过得去的家庭，都会在年前给孩子做一件新衣服、一双新鞋子。记忆中的那种幸福感、满足感就太强烈了。小孩嘛，除了吃穿，也向往一点文化生活。那时，乡下没有广播，没有电影，更没有电视，盼到过年，从大年初一开始，相邻的村庄敲锣打鼓互相拜年。踩高跷、跑旱船、打花棍，也演一些小节目，如《小放牛》《锯大缸》

等，可热闹了。孩子们蹦蹦跳跳，那种兴奋劲让人回味无穷，终生难忘。

人老了爱说老事，年轻人不易理解，那就再说点近的。那个年代，老百姓的日子同样紧巴巴。一切都凭票供应。粮食按年龄、职业区别供应，副食品按人头，每人每月半斤肉、半斤蛋、半斤花生油，此时孩子们照样只有盼到过年才能吃上一顿丰盛的年夜饭。一到过年，街道居委会就忙活起来，挨家挨户发票，一只鸡、半个猪头（人口多的发一个）、一瓶高粱大曲、两盒香烟（甲等、乙等各一盒），还有鱼票、菜票。有一年春节，我居住的这个区有位领导大年初一开门后发现，有人给他的门上送了一副对联，上联“三斤白菜除旧岁”，下联“七斤萝卜迎新春”，横批“一斤大头鱼”，一时成了市民走亲访友时必谈的笑料。那时，城市比农村好得多，不管半斤还是八两，有毛不算秃。农村则不然，压根就没有供应不供应，粮食是缴足国家的，留下集体的，剩下是自己的。剩多吃多，剩少吃少。我曾多次到农村驻点，每到年根，上级布置保证让社员吃上过年饺子，要当政治任务完成。对那些老弱病残、孤儿寡母、困难户，生产队长要逐一核查落实，千方百计让他们吃上一顿过年的饺子。试想，这顿饺子能不让他（她）刻骨铭心？那时的布是城乡一个标准，大人小孩都是每人每年三尺三。我的观察，农村孩子多，以布票而论，过年给孩子做件新衣裳不比城里难，只是缺钱。

以改革开放前的标准衡量，现在吃的、穿的、玩的、用的，天天都在过年，只是担心吃得太好，营养过剩，过出个“富贵病”，这叫习以为常，新鲜感疲劳征。过年要放烟花鞭炮，一年一次，大人小孩都爱热闹。这几年，人们的钱包逐渐饱满起来，花钱大方了，每到除夕夜，鞭炮声不绝于耳，通宵达旦，咋说不热闹？也许是因为人们刚刚从困扰一周多的雾霾中解脱出来，对 PM2.5 有了新的认识，昨晚的小年夜，鞭炮声比往年少了许多。

今年的年是迎着春风来的。我的观察是：“法”在变，人心焉能不变？值得一提的是“年前光景”与往年相比，那是发生了巨变。往年一过腊月十五，各高档宾馆、酒店生意火红。答谢的、宴请的、年终聚会的，酒店可谓一座（包间）难求。老板美滋滋，笑容可掬。今年则不同，老板眼巴巴看着流失的公款消费大军，心急火燎，扼腕叹息，钱不好挣了。从这个角度看，今年的“年味”说它淡了，不热闹了，也无可非议。

微博选

全村最老的房子

全村最古老的房子，靠右边一间是过道，左边两间是住室。进了过道，里面是个三合院，有三间正房和两间南屋。这里原本是大祖父的家，抗日时期南屋成了民兵大队部，每天晚上通宵达旦，不熄灯不断人，是村里最安全的地方。我家因大哥当八路，父亲是村长，长年东躲西藏不敢在家住宿，冬天吃过晚饭就在这里过夜。

土地庙

小时候村里有个土地庙，别看它只是由石块堆积而成的，难挡风雨，但其功能不可代替。村里谁家有了丧事，子孙披麻戴孝，一天三次到这里送汤水，直到出殡为止。至于为何只送汤不送饭，无人能说清。如今，村民一律住上大瓦房，实现电气化。土地爷爷也与时俱进，小庙焕然一新，过上了幸福生活。

老有所乐

我八十二岁的老哥不知什么时候拉起胡琴来了，他读书不多，不识乐谱，硬是凭耳朵的感觉摸索着拉，说不上好听，就图个自乐。他一生在农地里摸爬滚打，拉扯大了六个儿女。前几年，老伴因病过世，他独自炊食，平日看电视拉胡琴，庭院里栽花木，笼子里喂鸟，日子过得有滋有味。

童心未泯

小时候最盼过年，动力莫过于穿新衣服、吃白面大馍馍，当然还有燃放鞭炮，其实就是放几个“二踢脚”和一挂一两百个的小鞭炮，尽管声音并不震天，但那个高兴劲言语难表。今天是我过的第八十个年，燃放鞭炮的历史也有七十多年。今年，孙辈都不在国内，只有两个近半百的儿子陪我燃放鞭炮，数量不免大打折扣。

永远的怀念

母爱是最伟大的也是最无私的，对母亲的思念是永恒的。母亲节到了，我再次抚摸了五十五年前母亲在健康状况欠佳的日子里亲手为我做的这双鞋。那年（一九六〇年）冬天，母亲因感冒并发肺炎，离开了。愿母亲在天堂快活，盼梦中见到您！

兄弟情

新春佳节，漂泊在大江南北的两个儿子又一次回到了烟台父母的身边，兄弟俩凑在一起，喝着老爸准备的酒，大口大口吃着记忆中美味的由妈妈亲手炒的菜。这是一年中难得的日子。兄弟俩有说不完的话，牛一般的酒量，喝了一杯又一杯。老爸在一旁美滋滋地看着，拍照留念。

妈妈的爱

女儿（笔者的孙女）就要出国读大学了，爷爷、奶奶、爸爸、妈妈都到机场送行。在女儿马上就要过安检门之前，难舍难离的妈妈沉默着，从兜里掏出一把梳子，再一次为女儿一遍遍梳理那原本就够整齐的头发，倾注对女儿的无限留恋和爱。

这也算“文物”了

闲来无聊翻弄起我那个“百宝箱”，发现两件“文物”。一件是六十多年前我读高中时用过的圆规，多处生了铜绿，但嵌在笔筒里的铅笔芯依然在那里，各个关节运用灵活，可以继续使用。一件是伴我读过初中到大学的三手派克钢笔，笔帽也长满了铜绿。它少说也有七十多年的历史了。

游孟良崮感想

在孟良崮战役纪念馆的山坡上，我站在粟裕将军的墓碑前，两侧是望不到边、看不到头的烈士墓碑。春风裹着寒意吹得那已遮天蔽日的松柏呜呜作响，仿佛在向你诉说什么。人啊，此情此景难免产生一股悲凄的心绪。看看那数也数不清的墓碑，不知名字、不知籍贯、不知年龄，但碑志文写得清楚，他们都是无名烈士。

我站在孟良崮战役纪念馆的雕塑群里，思绪一下子翻转到七十多年前。抗日时期，村村组成“农会”“青救会”“妇救会”“识字班”和“儿童团”。“儿童团”白天手持红缨枪，三两人一组在村头站岗放哨和盘查过往行人。抗日末期，我也是“儿童团”的一员，直到一九四八年学校恢复上课，“儿童团”随后撤销。

沂蒙一家人

来自革命老区沂蒙的拾荒者租住在小区一户原本用来放杂物的六七平方米的小棚，每月一百元的房租。两口子长年以收捡废品为生。他们意识到要改变孩子的命运根本在教育，孩子不能缺失父母的爱，不让孩子做留守儿童。在如此艰苦的条件下，他们把孩子送到了烟台的一所双语学校。

老纪同学

纪华祥是我在青岛医学院的同学，毕业后他入伍到解放军第一〇四医院，因部队缩减又辗转来到烟台解放军第一〇七医院。今天他一人来看我，这是毕业后第三次见面。他比我长一岁，两人加在一起一百六十五岁。小酒助兴，举杯留影，喝，今日不喝又待何时？

我的发小

我的发小今年比我早几天过了八十大寿。我俩自幼就在一起玩，放牛拾草，为生计分离了六十多年。老朋友多才多艺，晚年生活丰富多彩，每天早晨到大海里游泳，冬天也不例外，然后就领唱兼指挥大家唱歌，拉拉二胡，再就是踢毽子，一气能踢上百个。老朋友性格开朗，身体健康。

孤独的老人

我姑妈家的二哥是个九十岁的老人，曾担任多年村支书记，儿女也事业有成，但都不在身边。老伴过世后，他不肯离开自己家随儿女生活。好在两个侄子各持一把钥匙，随时送点吃的，并观察他的状况。人都会老的，看来农村也亟待解决老人的“老有所养”问题。

遥远的好望角

遥远的好望角像谜一样在我的脑海里翻腾了近七十年，想象中的好望角既风高浪急，又是东西方沟通的海上必经之路，我曾对那些勇敢的船员怀有无限的崇敬。在这里，看到众多植物为躲避狂风不得不匍匐在地上以求生存，我怕自己的帽子被狂风卷走，也不得不用手紧紧抓住。到好望角一游原本想都不敢想，今天我梦想成真。

悠哉游哉的开罗街头

埃及首都开罗是世界古老的城市之一，也是非洲和阿拉伯世界最大的城市。市区建筑古今并存，有宏伟的高楼大厦和宽阔的马路，也不乏小巷胡同。这里可让时空倒转三十年，没有喧闹，仿佛置身二十世纪。

埃及大嫂活得不轻松

埃及的大嫂活得可不轻松。她们身裹黑色长袍，脚穿拖鞋，头上顶着一个或两个塑料大桶（盆），手里还裹着一个孩子。这不是杂要，这是开罗街头的真实写照。她们迈着稳健的步伐甩开手走在大街上，看来从不担心桶（盆）会掉下来。我叹服她们高超的平衡能力。

烤制大饼的埃及大妈

我所说的大饼类似我国新疆维吾尔族吃的馕，在埃及这是百姓的主食，相当于我们吃的馒头。烤制大饼的炉子的外形颇似我们老法烧砖的窑洞，炉子下面烧的是煤炭，上面一层是烤制大饼的。开罗街头没有人管，此地又不在市中心，她们可以放心地在这里边烤边卖。

柬埔寨的小朋友

柬埔寨两个可爱的小姑娘面对我手中的糖块露出灿烂的微笑。在柬埔寨，每个旅游景点都会遇到蜂拥而至的小朋友，他们能用中文喊“我爱中国”，齐声高唱“我爱北京天安门”，然后伸手向你要糖块或别的食品。如果你手中没有准备，给点零钱，他们也会用中文说声“谢谢，谢谢”。

游柬埔寨的老人

在柬埔寨入住的宾馆门外，遇到一老人风尘仆仆来到门前寻找住处。我见他疲惫焦急就主动和他搭话。老人叫侯毓亭，六十七岁，从新疆独身骑单车旅行到此。他从云南河口出关，途经越南河内、胡志明市，辗转到了老挝，今天来到柬埔寨暹粒，每天骑行一百公里左右，计划走遍东南亚。老人不懂英语，但不缺勇气，我很佩服，合影留念。

列宁还活在人们的心中

在与符拉迪沃斯托克（海参崴）火车站一路之隔的烈士陵园，列宁的巨大雕像巍然屹立，游人到此驻足瞻仰并留影纪念。游人里有俄罗斯人，有外国人，老的少的都有，足见列宁的历史功绩并没有随着俄国政治形势的巨变而消失，他仍然活在俄罗斯人的心中，也活在世界各地人们的心中。

俄罗斯老太太也“疯狂”

俄罗斯老太太的“疯狂”比中国大妈有过之而无不及。中国大妈的广场舞风靡全球，跳到了白宫门前的广场，世人都知道中国大妈的辣劲。前不久，我在符拉迪沃斯托克（海参崴）领略了俄罗斯老太太的“疯狂”。在紧靠大海的露天广场上，老太太们穿着民族盛装，画了眉，抹了鲜艳的口红，又唱又跳。

适者生存——塔斯马尼亚

澳大利亚南面的塔斯马尼亚岛是澳洲距南极最近的地方。威灵顿山海拔1270米，是著名的旅游景点。这里的植被终年遭到来自南极强冷风的袭击，最懂得“低头做人”，把自己进化成叶片很小，头都不敢抬，一辈子匍匐在地上的植物。原本是针叶的树木也“低调做人”，甘心做矮子。适者生存的原则谁也不敢冒犯，明明是夏天，我也把自己裹得严严的。

第一次举债

一九六三年，我从青岛医学院毕业，分配到烟台地区结核病防治所。九月十三日下午，我在医院办妥报到手续，又到总务科交上粮油关系证明。王会计叫我买点饭菜票，我摸摸布兜，难为情地说：“我没有钱了。”（我很快要有工资了，钱留给延期毕业的同学了）王会计说：“咱这个单位十六号发工资，你先借点吧。”于是有了这张借条。

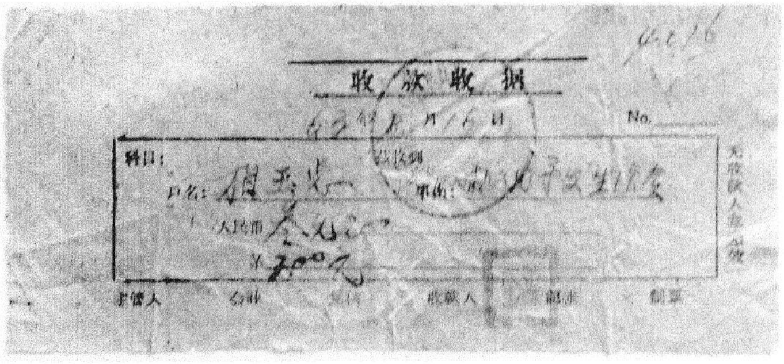

珍贵的纪念物

这是我三十多年前参观阿芙乐尔号巡洋舰留下的唯一纪念物。舰船停靠在列宁格勒的涅瓦河上，登舰参观不收门票，楼上楼下随便看，但不允许拍照。阿芙乐尔巡洋舰建于一八九七年至一九〇〇年，长一百二十六米，宽近十七米，排水量近七千吨。一九一七年十月革命，它一声炮响开启了人类历史的新纪元，如今成了十月革命的象征和永久纪念。

葫芦瓢的故事

右面的这个葫芦瓢来自一九六八年秋天。那时，我是烟台地区结核病防治所的一名医生。所内原来的牛舍改造成三户人家的宿舍，庭院有半亩多地。我在院子里种了向日葵和葫芦，受益于地里积淀下来的牛的粪便，土地极其肥沃，葫芦丰收。嫩的用来炒菜，滑溜溜的，好吃。成熟的葫芦用锯子割成两半，大锅煮透晒干成瓢，舀水淘米。如今它早已退役成“古董”。

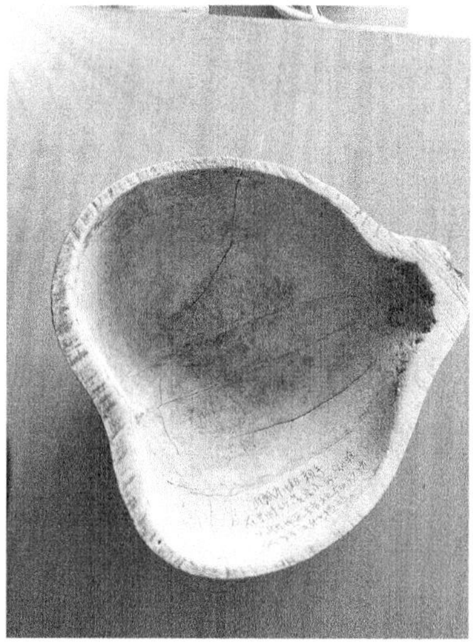

六十年前的菜券

这张青岛医学院第二食堂的菜票勾起我对六十多年前的一段美好回忆。第二食堂位于青岛市龙口路四十八号，原本是个基督教堂的一楼，是四、五年级的学生专用食堂。四年级学生的宿舍就在教堂的副楼内，五年级的宿舍在江苏路十号，和青医附属医院都是一路相隔。四年级的临床课、五年级的临床实习都在附属医院，非常方便。

致作者

二〇〇七年夏天，我所在的单位组织集体休假，路线是西北线，包括宁夏、内蒙古等。在贺兰山的时候，我欣赏了古代人创作的岩画。他们把生产生活的场景，凿刻在贺兰山的岩石上，来表现对美好生活的向往与追求，再现了他们当时的审美观、社会习俗和生活情趣。当时我就想，远古人类通过这种岩画的形式，把历史再现给今日的我们，创作这些岩画的人，就是那个时代的“太史公”。

中华民族历史悠久，创造了辉煌灿烂的文化，但是流传下来，并且耳熟能详的，大抵不过帝王将相。即使是撰写《史记》的太史公司马迁，也是把笔墨更多用在帝王将相身上，“本纪”“世家”“列传”三部分，占全书的大部分篇幅。如果想找一些当时的风俗、宗教、百姓生活方面的内容，还是比较难的。

前些日子，五爷爷的一本《路漫漫兮八十有五》书稿，摆在了我的面前。里面有儿时记忆，有家族历史，有人生感悟，有世界游历，有风土人情……看着看着，我突然灵光乍现：五爷爷的这本书，是别样的“史记”，是今日的贺兰山“岩画”；而五爷爷则是别样的“太史公”！

五爷爷不但勤于记录，涉猎广泛，而且善于评点。从儿时生活到各类人物事迹，以及人生经历，他每有所感，辄有评说。他从小事、百姓、经验、器物等角度发人之所未发，言人之所未言，闪耀着睿智的光芒、理性的光辉，发人深省。可以说，这是一份珍贵的财富。这笔财富是家族的，也是社会的；是中国的，更是世界的。

这是一部民俗史。研究民俗的人，往往从各种概念出发，致力于研究各种节日、民间信仰、民间习惯等，《路漫漫兮八十有五》不仅仅给我们提供了二十世纪上半叶的百姓风俗、生活，还用了较多的笔墨讲述了各种文化现象，比如村名和诨名的文化现象。比如“狗皮张家庄”“罐刘家庄”这种以职业（熟制狗皮、做陶罐）和姓氏结合当作村名的民间文化现象。还有对诨名进行的概括和归纳，包括生理特征、行为特点、职业、小典故等。典型的如“三包半”这个名字，本村以外的人一般都会感到莫名其妙，但是本乡的人都知道说的是谁。因为他家箱子里的四包果子被他偷吃了三包半，于是“三包半”这个名字就伴随他一生，也许他本来叫做什么已经没有几个人记得了。书里的这个故事，也让我想起了自己老家——郭家庄里很多耳熟能详的诨名，比如“鸡翅子”“红眼”“整劳力”“黏住”“牢靠”等。这些名字应该都是有典故的吧，但是我从没有从理论的角度进行过分析和研究，五爷爷竟然留心进行了概括和归纳，真是有心人。

这是一部生产力发展史。我们从历史教科书学到的关于生产力的内容，都非常宏观和抽象，比如著名的唐三彩、战国时期的铁器以及其他劳动工具等。我在《路漫漫兮八千有五》里看到了手纸的发展以及其他生活生产模式的变迁。我出生在二十世纪七十年代，从记事的时候开始，主要是用作业本纸（正反面都用完）擦屁股，那么，在没有纸之前，我们的祖父辈（贵族和富人除外，也许他们用绢布之类）是用什么材料擦屁股呢？还从没有文献资料研究或者记载过民间的此类事情。现在我才明白，先人都是就地取材，土坷垃、石头、墙角、狗舌头……其实是生产力不发达、物质极度匮乏的原因吧。如果从生产力的角度看，从祖父辈到现在不过百年时间，但是生产力发展的程度已经是翻天覆地了。

从这本书里，也能看到中国重大历史事件的片段，让我们从个体、百姓角度看到重大历史事件。比如五爷爷的大哥参军等。其中一张存条的故事，真实记载了五爷爷家乡人对抗战、解放的重大贡献。这些真实记载，都不是宏大叙事，语言也极为平实，但是让我们真切感受到重大历史事件中百姓的感受和行为、思想和作为，感受到历史上的普通个体对历史发展的推动作用。如果你读了《路漫漫兮八十有五》，也许能从中得到进一步的体会，和进一步的认证。

此外，五爷爷还对相家楼变迁进行了较长篇幅的叙述，试图反映一个村庄和一个家族的文化、传承、变迁等。

从语言风格来看，本书没有华丽的辞藻和冗长的故事铺陈，简单直白，而且切入口小。比如《七十年前农村靠什么通讯》一文讲了“口信”的故事：“那小伙子就冲上前去，攥住我娘的手，从嗓子眼里喷出一句话：‘大娘，相见（家兄的名字）很好！’”虽然只有简短的几句话，但是“冲、攥、喷”几个动作一气呵成，用语极为精准恰当，极为传神，让人感受到犹如电影般的现场感。我想，这与五爷爷八十多年的人生历练不无关系。此外，该书的第一读者是五奶奶，虽然是一个学识过人的医生，但是毕竟不研究文字和历史，她喜欢读的作品，定然是通俗易懂而且符合事实的。因此，经五奶奶把关出来的作品，受大众欢迎是没有问题的。

总之，当你阅读本书中所述的故事时，如果你是上了岁数的人，就会读到你所经历过的事，而其中有些人仍正试着理解自己的所做所见及其意义；对于年轻人，尤其是“80后”“90后”和更年轻的人，书中一个个丰富多彩但又陌生的故事，会让你感到新奇和遥远(其实并不太远)，要理解的话还是要有一点研究的功夫和历史知识的储备。这些人必须不断地试着去理解那种经验，并赋予其意义。当然，许多人最后能办得到，但有些人却办不到。

什么是历史？历史是对过去的事件和行为做系统的记录、诠释和研究，并作为未来行事的参考依据。历史是延伸的，是文化的传承、积累和扩展，也是人类文明的轨迹。那么，如何传承，如何记录？五爷爷的《路漫漫兮八十有五》提供了一种全新的历史书写方式，它与所谓的正史不同，但与贺兰山“岩画”本质一致。因此，我将本书作者五爷爷称为别样“太史”，以示对他开创性贡献的肯定。

当我们活在自己的小窝里，当我们在看新闻、看戏、看书，或呆坐塞车的车流中时，我们必须知道历史正在进行着、发展着，我们必须知道我们在其中扮演着历史中的一个角色。不同的是，有的人只是过客，有的人记录历史，让文化得以传承。

五爷爷就是一位历史亲历者、记录者，就是一位让中华文化不断流的人。

向他致敬！

刘加军（《中国冶金报》社主编）

2021年10月

注：五爷爷是我爱人的五爷爷，五爷爷和我爱人的爷爷是姑舅弟兄。